LE PAS DU LOUP

DU MÊME AUTEUR

AUX ÉDITIONS BERNARD BARRAULT

Tristesse de la Balance et autres signes (1983-1987) (J'ai lu, 1990).

Chronique de la vie continue, 1984.

Soirées dansantes à l'orphelinat, roman, 1985.

Le Parapluie du Samouraï, roman, 1987.

Je voudrais parler au Directeur, roman, 1990.

Higelin, Higelin, Récit-portrait, 1991.

JACQUES A. BERTRAND

LE PAS DU LOUP

roman

ÉDITIONS JULLIARD
24, avenue Marceau
75008 Paris

A Jeanne. A quelques femmes qui portent
le nom de Marie. A toutes celles qui portent
la même lumière sous d'autres noms.

Londres – l'hiver

— ... Maman est morte.

Combien de milliards de frères et de sœurs ont prononcé ces mots, dans combien de dialectes ?

Une sonnerie de téléphone, dans la nuit. C'est votre frère. Il dit que c'est grave. Un accident de voiture... D'une voix déjà blanche, vous acceptez le fardeau recommandé avec surtaxe et accusé de réception, vous souhaitez de toutes vos forces qu'on vous ramène trente secondes en arrière mais ce n'est pas possible. Quelque chose se fige en vous tandis que votre cœur prend les devants. Votre champ de vision s'est rétréci, comme un diaphragme : il est minuit passé mais c'est encore trop de lumière. Et en même temps — comme une vrille qui troue le noir de la nuit, là-bas, très loin, qui irait chercher quelque chose au fond de la mémoire humaine — une ancienne vérité encore à apprendre et toujours sue, incroyable, inexorable... « — Oh, non. » Vous la refusez, comme des milliards de frères et de sœurs avant vous. Mais la vieille vérité a déjà infiltré vos artères, elle s'installe au creux de vous comme un coup de poing à l'estomac au ralenti, elle pèse déjà le poids des montagnes. Vous savez que vous dites non, que vous ne le croyez pas, que c'est vrai. Vous essayez de gagner du temps sur l'éternité.

La souffrance vous paraît intolérable et vous n'avez pas encore commencé à souffrir. Vous vous révoltez. Vous proférez de pauvres blasphèmes : « — C'est injuste... Pourquoi elle ? » Le téléphone est près de la porte d'entrée, vous ouvrez pour vomir sur le perron.

Et maintenant, vous appelez la douleur, qu'elle recouvre jusqu'à votre angoisse, qu'elle vous submerge, qu'elle vous noie. Vous aspirez à glisser dans le courant, à vous laisser emporter par le grand fleuve de la détresse, avec tous vos amours nageant autour de vous. Souffrance humide. Après, bien trop tôt, viendra le temps de la douleur sèche et intermittente. Moins lourde, moins éprouvante, moins exaltante. Incurable. Qui vous sussurrera, à un arrêt de bus, au bord de la mer, au fond du jardin, au milieu d'une soirée de fête... le mot de la fin. De la fin de tout. De votre fin.

A l'étage, Mary ne sait pas ce qu'elle a entendu, rien, tout. Elle dévale les escaliers, le cœur affolé. « — Qui ? c'est qui ? » Son angoisse vous effraie encore plus que la vôtre, pour un peu vous diriez : c'est rien. Vous avez votre frère au téléphone dans l'Ardèche contre l'oreille gauche, vous attirez la tête de Mary sur votre épaule droite, on dirait une navette spatiale en perdition. Vous dites des mots que vous n'avez plus dit depuis longtemps, vous disiez « M'man », vous disiez « ma mère », vous dites : « — C'est ma maman... »

Jeanne.

J'écris ce livre pour te dire adieu, Jeanne. Pour chanter l'horreur et la fulgurante beauté, la petitesse et la grandeur de vivre. La grande peur du vide. Le miracle de l'instant. Pour gueuler, pour pleurer et pour rire. Mon *blues*.

It's allright, Mam', ça va aller. *Anyway you do*.

Newark (New Jersey) – fin de l'automne suivant

Le cœur cahotant dans un vieux car déglingué, encombré de deux sacs empilés sur le siège voisin, j'aperçois New York au loin, de l'autre côté de l'Hudson. Pour le moment, on dirait plutôt qu'on s'éloigne. J'aurais dû prendre un taxi mais j'ai hésité à entamer ma courte provision de dollars. J'espère que je n'ai pas oublié mon nœud-papillon.

Deux nanas hypermaquillées, à l'américaine, entretiennent une sorte de conversation à base d'exclamations modulées. Leurs jambes sont conventionnellement voilées-dévoilées par des mini-jupes entre les pans de longs imperméables roses. Elles se trouvent sans doute très convenables mais rien n'est plus indécent que de ne pas penser à ce qu'on dit.

Deux types en jeans déformés, cirés par la crasse, un Blanc et un Noir, sont assis l'un à côté de l'autre. Ils ne se parlent pas, ils ne regardent rien, ni le paysage, ni le chauffeur enfermé dans une cage de verre de sécurité qui fait anachronique dans ce tas de ferrailles, ni les autres passagers. Ils contemplent leur paysage intérieur et ça n'a l'air d'être ni le Grand Canyon du Colorado ni le monde enchanté de Walt Disney...

Tout à l'heure, à la douane, une femme en uniforme veillait à ce qu'un seul passager à la fois se présente au guichet, que le suivant ne dépasse pas d'un centimètre la ligne blanche tracée sur le sol. Méchante. A mon tour, j'ai franchi la ligne d'un pas solennel avec mon passeport entre les dents, à cause des sacs. Le type du guichet m'a lancé un coup d'œil de mauvais augure.

— Vous n'avez pas mentionné sur la fiche votre adresse aux États-Unis...

— C'est que... je ne reste pas, *Officer*. Je prends le bateau à New York pour l'Angleterre...

Il a eu l'air un peu exaspéré :

— Combien de temps comptez-vous rester ?

— Quatre heures.

— Pardon ? Vous venez de Paris et vous repartez pour l'Angleterre dans quatre heures ? Qu'êtes-vous venu faire à New York ?

— Rien... enfin si, prendre le bateau...

— Quelle est votre profession ?

— Écrivain... Une revue française m'a commandé un journal de voyage...

— Oh ! Et vous avez pris l'avion uniquement pour venir prendre le bateau ! *Are you famous ?*

— *Not yet.*

Manhattan

Trois quarts d'heure plus tard, après être passé sous la rivière Hudson par le tunnel Lincoln, le bus nous crache, les deux contemplatifs, les deux mini-jupes et moi, sur le trottoir d'une incroyable gare routière au milieu de Manhattan. C'est à cent mètres au-dessus du niveau de la rue, une spirale de macadam soutenue par des piliers de béton noirci. Le car et les passagers, tout le monde a disparu. Dans un hall, un uniforme, à qui je demande comment gagner la rue, rote deux ou trois mots que je ne saisis pas et me désigne un couloir d'un mouvement de casquette agacé. Je manque les ascenseurs et je descends des escaliers interminables, en enjambant toutes les dix marches un corps allongé, la tête enveloppée dans un blouson. De temps en temps, la tête sort du blouson et me regarde comme s'il y avait une erreur de distribution dans le film.

La rue est encore plus sale que je ne l'imaginais. Adossés aux murs, des individus sans définition ont l'air d'attendre depuis des mois qu'il se passe quelque chose. Je pensais marcher, le port n'est pas loin, mais je ne me sens qu'à moitié bien. Je traîne ma charge jusqu'à un taxi jaune dont la banquette en skaï colle au pantalon. Je n'ai même pas la place pour mes jambes — New York, c'est comme partout, du tout petit dans un grand décor. J'ai déjà traversé la ville, une fois, d'un aéroport à l'autre. Je ne dis pas que je ne la visiterai pas un jour. Mais je ne suis pas pressé. Encore que cette ville vieillira moins bien que Rome. Ça pue la gangrène. Pauvreté cinématographique, violence mythifiée, logorrhée musicale, désespoir mode, misère chic...

— Vous êtes français ?

— Vous voyez ça à quoi, mon air hésitant ?

— Non : vous aviez du mal à rentrer vos bagages, vous avez dit « merde ».

Le conducteur est d'origine algérienne, il a fait le taxi dix ans à Paname. Je négocie un tour par Central Park avant de revenir, à l'angle de la cinquantième rue et de la douzième avenue, au *Passenger Ship Terminal*, quai numéro deux. Les immenses structures de béton ressemblent à n'importe quelle gare, à un aéroport des années cinquante. Des chauffeurs sortent des coffres de Cadillacs étincelantes des valises de cuir que des porteurs empilent respectueusement sur leurs chariots. J'éprouve encore plus de difficulté à extraire mes sacs de la voiture jaune poussiéreux qu'à les y enfourner tout à l'heure. « — Vous voyagez pour le plaisir ? — Non, pour le boulot... Enfin, c'est pas l'usine... c'est pour un journal de voyage. »

Quand on lève la tête, on aperçoit d'un côté l'Empire State building et de l'autre, au-dessus du béton, un bout de cheminée rouge, énorme, qui donne une petite idée de la taille du bateau. Parcours d'embarquement. Formalités diverses. Par roulement, les stewards font à chaque passager une haie d'honneur à la sortie de laquelle le photographe de la Compagnie maritime immortalise une succession de sourires béats. On pénètre dans le flanc du navire sans s'en apercevoir, par une petite porte. Une stewardesse me conduit dans un dédale de couloirs, d'escaliers et d'ascenseurs. Au fond de ma cabine — qui ferait un studio très acceptable dans un arrondissement de Paris — une autre stewardesse m'attend au garde-à-vous près d'une bouteille de champagne dans un seau à glace : — *Welcome aboard, Sir !*

Mais je n'ai encore rien vu de ce bateau, qu'un bout de cheminée et de la moquette grise. Par le hublot, on aperçoit l'eau sombre de l'Hudson et les silhouettes des grues.

— ... J'aimerais aller sur le pont...

— Quel pont, Sir ?

Quand je sors des coulisses, six ascenseurs, douze escaliers et dix-huit minutes plus tard, la pièce commence. Trente mille chevaux à l'unisson font vibrer le plancher de teck du pont supérieur. Trois coups de trompe espacés dans l'air glacé. Au troisième, l'Occident II, le dernier grand paquebot de La Ligne, se détache insensiblement du quai, tiré en arrière par deux « abeilles », minuscules remorqueurs qui s'agitent à la poupe, trente mètres plus bas. Le rideau se lève.

A peine plus d'une heure après avoir descendu

des escaliers en enfer, je vois le monde dans sa splendeur. Et c'est toujours New York.

De l'arrière du paquebot, avec un peu de distance, la ville a repris sa dimension mythique. Le soleil se couche sur l'Hudson : l'événement est banal, bien connu des fabricants de cartes postales et vous pensez l'avoir déjà vu... Vous n'avez rien vu. C'est que, contrairement à ce qui se passe sur les écrans, dans la réalité le paysage ne réfléchit pas. La beauté fond sur vous, vous étreint, vous enlève... Espèce d'extase : on croit regarder les choses et, dans une certaine mesure, ce sont les choses qui nous regardent.

On dirait l'équivalent lumineux d'un orchestre symphonique qui s'accorde avant d'attaquer l'ouverture. Tandis que le soleil se noie, une troupe anarchique d'anges allumeurs de réverbères s'est mise au travail. Les tours et les avenues de Manhattan, du Queen's et de Brooklyn s'éclairent progressivement, l'une après l'autre. Les phares et les feux des voitures esquissent peu à peu des processions, et, dans le même temps, les façades de verre et d'acier se colorent, s'embrasent, reflètent un ciel de pourpre qui se métamorphose à chaque battement de paupières. Vous êtes sur le pont du dernier grand transatlantique et l'hiver flambe autour de vous. New York bascule, lentement, en brûlant, dans la nuit qui recouvre déjà le navire qui s'éloigne.

Dieu sait que je ne suis pas un fanatique des paysages urbains, mais dire que je n'oublierai pas celui-là serait très au-dessous de la vérité : je crois pouvoir désormais me définir comme un type d'un mètre quatre-vingt-sept avec une vue de New York au soleil couchant collée au fond de l'œil gauche.

Le pont s'est vidé, peu à peu. Je reste seul à boire les ultimes lueurs. Bien après Ellis Island et la Liberté, après même le passage du gigantesque pont du Verrazano et l'entrée dans la baie. Le vent m'injecte à travers l'imperméable des milliers de fines aiguilles de glace. La grosse horloge marque déjà l'heure du prochain fuseau. Par deux hauts-parleurs, qui diffusaient tout à l'heure des marches militaires britanniques, monte des salons la musique des premiers orchestres. Il est plus que temps d'aller me changer pour dîner.

Au journal, ils avaient l'air de tenir ce boulot pour un cadeau de Noël. On m'a laissé entendre que je pourrais peut-être raconter cette traversée à l'envers, comme si je l'accomplissais dans l'autre sens — celui de la légende, des immigrants, Colomb, Exodus et Charles Chaplin... Sans trop insister, heureusement. Je ne suis pas à la recherche du paradis perdu, j'en viens...

Retour simple. Vous revenez de loin sans être vraiment parti : racontez. Voyage de retour comme une messe « du bout de l'an ».

Les marins anglo-saxons prétendent qu'au lieu de mourir, ils prennent « un bateau lent pour la Chine ». J'embarque le plus lentement possible pour mon vieux monde.

Londres

Vous vous accrochez au téléphone. Votre frère est arrivé au service des urgences de ce petit hôpital au bord du Rhône. Il a déjà vu sa mère de l'autre côté de la vie avec son pauvre corps pas encore apprêté pour sa dernière prestation. Le voisin qui l'a averti et l'attendait assume discrètement les mille détails à régler même au cœur des drames. Les cousines, sur le haut-plateau ardéchois, au pied du Montmiandon, sont allées réveiller leur père, votre oncle maternel, avec un copain cardiologue. On n'a que d'infimes sorcelleries pour conjurer l'horreur. On dit qu'elle n'a pas souffert. Il est deux heures ici, vous parlez de partir tout de suite en voiture : on vous assure qu'il serait plus raisonnable de prendre un avion pour Lyon, on viendrait vous chercher. Il y a un moment où ça redevient la difficulté de tous les jours, un problème d'organisation.

Et lui ? Un gros hématome au visage provoqué

par le volant, peut-être une fracture du sinus, il est un peu sonné mais il ne restera pas à l'hôpital... Lui, c'est votre père. Aimé. Il y a souvent un père aussi, dans les histoires de famille.

Il faudra parler des pères. Chanter la complainte des Petits Pères des Pauvres. Des pères pauvres. Des pauvres pères.

Vous avez fait ce que vous avez pu pour parler au lieu de penser mais vient le temps où vous devez raccrocher le téléphone. Vous ne pouvez pas réveiller tous les gens que vous connaissez, au milieu de la nuit, pour leur dire : Maman est morte. Combien y a-t-il de mères qui meurent, à chaque minute, sur cette planète ? Et soudain vous vous retrouvez seul avec cette information à laquelle vous ne croyez pas tout en sachant qu'elle est vraie.

Vous rallumez le feu. La vérité commence à s'installer en vous par flashes, un centième de seconde à la fois. Vous ne la reverrez jamais plus, ne la toucherez plus, ne l'embrasserez plus, maintenant vous serez toujours d'accord avec elle.

D'admettre que sa mort est réelle vous prendra plusieurs mois et, bien après, quelquefois, vous vous surprendrez à avoir envie de lui raconter quelque chose (« je vais le dire à ma mère »). Et même de lui raconter son enterrement.

C'est ce que je fais, M'man. Je te raconte ton enterrement. Ce sera un bel enterrement. A l'ardéchoise, à l'ancienne, avec de la famille qu'on n'a pas revue depuis vingt ans, des souvenirs d'enfance idiots, des pleurs, des rires. Avec l'angoisse du vide qui porte tantôt au désespoir et tantôt à la fraternité universelle...

Quand je rallume le feu dans la petite cheminée de briques anglaises, je prie. « — N'aie pas peur, petite mère, n'aie pas froid. » Je n'ai plus que des paroles à offrir, de misérables paroles dont personne ne voudrait dans un discours et j'appelle ça prier. Il me paraît évident que tu as froid et peur. Tu es morte depuis trois heures. C'est le même feu devant lequel tu t'es réchauffée, à Noël, dix jours plus tôt. Tu te tenais bien droite et tu te frottais doucement les mains. Tu t'es toujours bien tenue, te frotter vigoureusement les mains t'aurait semblé vaguement indécent. Tu avais froid comme tu étais malheureuse parfois, avec décence. Tu t'es toujours trop bien tenue.

Tout à l'heure, un peu avant que la nuit se déchire, en ouvrant la porte-fenêtre pour souffler une bougie dans l'air humide et froid du jardin, j'ai pensé à toi et aux bougies de cette fin d'année. Et puis j'ai considéré la rose fanée dans cette bouteille noire sur la table. La dernière rose. Pendant plusieurs semaines, on s'était demandé si le rosier devant la maison nous offrirait encore une rose pour Noël. Il nous avait donné une fleur et un bouton. La veille de ton départ, la rose se fanait et Mary demanda si le bouton allait s'épanouir. Tu l'avais assurée que oui, sur un ton résolument optimiste. Et ce bouton avait fleuri (c'était une superbe rose pâle, presque blanche) et s'était fané aussi, bien sûr. De toutes les roses, toujours uniques, qui s'étaient succédé sur cette table, j'avais jeté la plupart à la poubelle, non sans avoir effeuillé leurs pétales entre mes doigts, pour le plaisir du toucher soyeux et peut-être aussi parce que j'ai toujours éprouvé une sorte de respect pour les roses. La dernière rose de l'année m'avait paru mériter une autre cérémonie. Elle était presque séchée, je l'avais déposée sur les braises du feu qui s'éteignait doucement.

A ce moment-là, tu sortais de notre vie par la vitre arrière d'une voiture qui plongeait dans les taillis de ronces d'un ravin.

En mer

Je ne sais jamais comment vivre. Vous non plus, je suppose. Comment s'habiller ? Doit-on se laver la tête avant d'aller à ce rendez-vous ? Faut-il vraiment aller à ce rendez-vous ? Va-t-il pleuvoir ? La vie a-t-elle un sens ? Est-ce qu'on m'aime ?

— Non... Je ne peux pas mettre cette chemise...

J'essaye des chemises blanches devant la spatieuse garde-robe de ma cabine. J'en suis à la troisième. Il s'agit de découvrir la cachette de milliers d'épingles.

J'ai acheté ces chemises au dernier moment, naturellement. Les vendeurs vous mesurent le tour du cou et ils vous annoncent fièrement un numéro de taille comme s'ils venaient de découvrir le théorème de Pythagore. Vous leur faites remarquer que vous avez le bras long. Ah... Alors cette autre taille vous ira parfaitement. Ils ne tiennent pas à ce que vous l'essayez, forcément, ce sont eux qui devraient enlever les épingles. Et les remettre...

Au quatrième essai, celui de la dernière chance, ça a l'air d'aller : les manches tombent délicatement sur le poignet et le col ne se transforme pas en accordéon sous le nœud coulant de la cravate. C'est la chemise que j'ai achetée dans une boutique spécialisée pour petits larges et grands étroits. « — Bonjour, je voudrais une chemise dont on ne voit pas les boutons, vous savez... — Une chemise à gorge cachée, Monsieur. — Voilà ! Seulement... J'ai un petit cou et le bras long... — J'ai tout de suite vu ça, Monsieur. Nous avons ce qu'il vous faut. » Les braves gens !

On frappe. Je suis en chemise et en chaussettes : j'entrebaille la porte et je passe le nez et un œil. C'est la stewardesse : *Good evening*. Si j'ai besoin de quelque chose ? Non. Enfin, si, mais de tellement de choses, d'informations sur la vie, sur cet univers, et quelles chaussures vais-je mettre ? avez-vous lu Montaigne ? et Oscar Wilde ? Oscar Wilde recommande de porter des chaussures trop étroites pour oublier ses autres soucis...

— Oh, je n'ai malheureusement pas le temps de lire autant que je le souhaiterais, Sir... Hum... Êtes-vous prêt, Sir ? (Elle sait *parfaitement* que je suis en chemise et en chaussettes.)... Il est d'usage d'être à l'heure, le premier soir, pour être présenté à ses compagnons de table.

Comme tous ceux qui ont horreur de se faire remarquer — qui ne sont jamais sûrs d'avoir choisi la bonne cravate, qui ont toujours l'impression que leur pantalon est trop court, ou trop long, que leur veston est très mal coupé (impression due la plupart du temps aux contorsions qu'ils s'imposent pour se voir de dos dans la glace) — je me fais généralement remarquer en arrivant en retard.

L'homme est un animal en état de manque. Même quand il a du pain, de l'argent, de l'amour, un partenaire aux échecs, quand il ne manque de rien, il se débrouille pour manquer de quelque chose. Il se demande ce qui ne va pas, ce qu'il a oublié. Il y a sûrement un faux pli quelque part.

Au matin des dimanches de cérémonie, nous ne sommes jamais sortis de la salle de bains, mon frère et moi, sans te demander : « — Ça va ce pantalon ? Cette cravate ? » Tu te moquais gentiment de nous et tu répondais à l'un comme à l'autre, après nous avoir jeté un coup d'œil souriant, de bas en haut : « — C'est parfait, mon grand. » En principe, j'étais le dernier à être prêt. A travers la pluie de la douche, me parvenait la voix agacée du père : « — Il est encore dans la salle de bains ? ». Parfois, tu faisais semblant de t'impatienter : « — Non, ce n'est pas drôle, disais-tu comme si j'étais censé trouver ça drôle, je ne suis pas encore coiffée ! » (Ce n'était pas vrai, bien sûr, je ne me souviens pas de t'avoir jamais vue décoiffée : le seul négligé que tu te permettais était de fixer ton dernier peigne en sortant de ta chambre. Tu étais la personne la mieux coiffée du département.) Tu souhaitais seulement faire une dernière retouche à ton célèbre chignon. En ressortant à ton tour de la salle de bains, tu n'omettais jamais de déclarer : « — Je n'arrive plus à me coiffer. » En désignant ta nuque à notre attention : « — Ça va comme ça ? je n'ai pas de cheveux qui *retombent* ? — C'est parfait, M'man ! »

Pour faire mon entrée au Royal Princess Grill, l'un des deux restaurants réservés aux premières classes, j'opte pour une allure élégante et décontractée — en retard, soit, mais pas du genre à me précipiter sur le caviar comme tout le monde. Raté : je n'ai pas vu la petite marche. J'atterris dans les bras du maître d'hôtel où je me répands en pâles excuses. Une armada de serveurs se précipitent sur moi et me dirigent vers une table, en m'entourant comme s'ils craignaient que je m'échappe. Le capitaine de salle me présente à mes convives tandis qu'un serveur pousse un fauteuil derrière moi, un autre déplie une serviette qu'il étale sur mes genoux, le maître d'hôtel me tend le menu, le sommelier la carte des vins, quelqu'un me demande si je souhaite un peu d'eau fraîche. J'ai oublié de respirer : le souffle court, j'explique aux sept Américains qui complètent le cercle dans lequel je viens de m'inscrire que, s'ils tiennent absolument à communiquer avec moi, ils devront se contenter d'un très mauvais anglais. Ils me répondent tous en même temps que mon anglais est très bon. (*Very good, Jack !* Les Américains que vous rencontrez ont toujours l'air d'avoir travaillé plusieurs saisons dans le même ranch que vous). D'ailleurs, on s'arrangera, ils connaissent de leur côté quelques mots de français : « amour toujoûrs, bon voyâge, un je ne sais quoî... »

Marc, ingénieur en aéronautique, sa femme Suzie, infirmière, sont new-yorkais. Cette croisière, prévue de longue date, est pour eux une source perpétuelle de ravissement. Paul, un avocat de la Nouvelle-Angleterre, a la prestance et la rondeur d'Orson Welles. Il parle peu mais il se tait avec suffisamment de bonhomie pour que ça ne gêne personne. Son épouse, Rose, est tirée à quatre épingles, maquillée avec soin. Fausse blonde mais discrète, elle mange en se tenant très droite et fait le moins de gestes possible. Sa peau translucide trahit sa fragilité, sa maladie peut-être. Lucy et Pamela qui voyagent dans la même cabine sont des « travailleurs sociaux » en vacances. Les rides de Lucy attestent qu'elle a passé la soixantaine, elle est l'aînée de la tablée. Pam fait partie de ces gens dont il est convenu de dire qu'ils ont des problèmes de poids, mais elle semble porter le sien plutôt légèrement. Bart, le benjamin, n'a guère plus de trente ans. C'est un jeune homme d'affaires de Virginie. Je remarque tout de suite la qualité de sa chemise. Pardon ? Ah, oui : c'est à moi. Je décline mes mensurations...

— *Oh, very exciting ! Are you famous ?*

Quand vous dites que vous êtes écrivain, les Américains vous demandent si vous êtes célèbre, les Français quel est votre éditeur, les Anglais ce que vous écrivez. Ce ne sont que trois façons de tenter d'évaluer le montant de vos droits d'auteur — la dernière est la plus fine et la plus hypocrite.

Hors-d'œuvre, consommés, entrées... Le menu est somptueux, le choix difficile. Parce que je suis français, le sommelier s'approche de moi comme si j'étais le dernier nabab. Il va être déçu : je ne commande qu'un modeste beaujolais (les prix des vins sont extravagants). Et même un peu contrarié : je demande un seau à glace (le beaujolais, surtout modeste, ne se boit pas chambré, non). L'ingénieur a commandé du champagne qu'il fait longuement tourner dans son verre avant de le humer. — *Great !*, lance-t-il à mon adresse. Je lui retourne un sourire ravi.

L'avocat, lui, a commandé sans faire de manière une bouteille d'hermitage, « Monier de la Sizeranne », cuvée Chapoutier. L'un des meilleurs vins du monde. J'ai eu le privilège de dormir pendant sept ans dans une cellule avec vue sur ce vignoble qui n'occupe que le flanc d'une petite colline. Les fenêtres grillagées des dortoirs du pensionnat n'en étaient séparées que par le Rhône — pas encore canalisé, à l'époque, et qui se souvenait d'avoir été surnommé le fleuve-Dieu. Les bords du Rhône étaient régulièrement barrés d'épis de pierres destinés à freiner le courant. De bons coins pour la pêche. C'est là que mon père et son frère réussissaient leurs meilleures prises. Mon oncle, qui souffrait d'asthme, mesurait ses efforts. Quand il avait ferré un gros poisson, il le remontait sur la berge sans le décrocher, en le laissant rebondir sur les galets. « — C'est le meilleur moyen de l'écailler », m'assurait-il avec un clin d'œil. Moi, j'étais assis à la place que m'avait assignée mon père au début de l'après midi (il m'était interdit d'en bouger pour raison de sécurité), à deux pas des paniers aux fonds recouverts d'herbe où les poissons agonisaient au frais. Il me semble que l'odeur d'herbe coupée, humide, avec un soupçon de relent de vase, m'a suivi jusqu'ici.

L'Occident II s'enfonce dans la nuit de l'Atlantique, avec ses lumières et ses flonflons qui flottent au-dessus du grondement des moteurs. Est-ce que les marsouins, les requins et les calamars nous regardent passer de loin, comme on regarde une fête à laquelle on n'est pas invité ?

Orson déguste son verre d'hermitage de la Sizeranne, sereinement. Lui au moins n'éprouve pas le besoin pressant de s'exclamer à propos de tout. On discerne derrière son sourire la légère lassitude qui signale les humoristes. Croisant mon regard, il me demande si je connais ce vin. J'assure que c'est un des meilleurs vins du monde. Il pense aussi. Il m'en propose un verre. Je refuse poliment. Je ne lui dis pas que ce breuvage magique — déjà lié à la nostalgie de fêtes joyeuses — me promet des millésimes de tristesse. Je ne lui dis pas que ma mère a trouvé la mort dans la descente dite de la Sizeranne. Je ne lui demande pas s'il a encore sa mère.

En fait, je souhaite que ce repas se termine rapidement, je voudrais retourner sur le pont. Si les mille deux-cents passagers et les neuf-cents membres du personnel et de l'équipage (à l'exception des hommes de quart, toutefois) pouvaient aller rapidement se coucher... J'aimerais rester un peu seul, pour faire le point. La vieille Europe, que nous rallierons dans cinq jours, a recommencé à se déchirer. Après quarante ans de paix armée, on a ressorti les haines ancestrales des vieilles armoires ; elles s'étaient bien conservées. Sur d'autres continents, on meurt de faim. Les guerres de religions, de sectes, de couleurs, comme les ouragans, les typhons et les inondations, tuent par centaines ou par milliers. La malaria fera encore l'année prochaine, à quelques individus près, trois millions de morts. (Certaines recherches n'avancent pas aussi vite que d'autres : les populations concernées n'auraient pas les moyens d'acheter les vaccins — il faudrait les leur donner...) Où en étais-je ? Oui, j'ai accepté d'écrire un journal de voyage pour la revue Long Court — qui recense, mois après mois, avec opiniâtreté, les époustouflantes merveilles de ce monde. Je suis un orphelin en croisière de luxe.

Londres

C'est Marie que tu rencontrais ici pour la première et la dernière fois, quinze jours avant ton ultime descente de la Sizeranne, qui t'a redonné ton nom : Jeanne. On t'appelait Jeannette, Nanou, Madame et, depuis que tu avais un petit-fils, tu t'annonçais au téléphone comme étant Mamie. On ne se méfie jamais assez des noms. C'était à la fin du dernier dîner. Le père, vite ennuyé par ce qui ne le concerne pas au premier chef et qu'il n'a pas décidé lui-même, était déjà monté se coucher. Marie et toi, vous vous étiez surtout regardées. On vous l'avait suffisamment répété, vous saviez l'une et l'autre depuis des années que vous vous ressembliez. Vous vous étiez tout de suite *reconnues.* Dans l'après-midi, Marie m'avait chuchoté : « — Elle est très classe... » C'est vrai que tu t'étais hissée au sommet de toi-même. L'impression d'un certain abandon devant le cours des choses que tu donnais parfois, ces dernières années, s'était brusquement évaporée. Tu étais parfaite. Ce n'était pas rien de rencontrer pour la première fois ta petite-fille de vingt ans, elle-même déjà mère de Lola, six mois.

C'était une scène délicate à jouer. Le final d'une longue pièce à intermèdes dans laquelle je ne tenais plus qu'un rôle secondaire, après en avoir frappé les trois coups, vingt et un ans plus tôt, en disant oui à Kattell qui voulait un enfant — alors que j'étais déjà marié et père d'un petit garçon. Comme beaucoup d'histoires, celle-là avait débuté en drame et — il est bien vrai qu'on ne voit pas le temps passer — elle s'éternisait depuis dans un genre courant : le secret de famille légèrement éventé. Chaque fois que je t'ai montré des photos de ta petite-fille qui grandissait à Paris, en suggérant doucement qu'il faudrait bien que tu la rencontres un jour, tes yeux se mouillaient. Tu avais un geste très particulier pour exprimer ton angoisse : tu remontais une main retournée sur ton plexus. Tu disais : « — Ça me bloque… » Quand l'émotion retombait un peu (c'était le plus mauvais moment pour moi), tu avais essuyé tes larmes et tu te lançais dans :

— Qu'est-ce que tu m'en as fait voir, toi !…

— Je n'ai jamais voulu t'en faire voir, M'man… D'ailleurs, je m'en suis beaucoup vu, tu sais…

— Je me demande quelle erreur j'ai faite, en t'élevant…

— Tu n'as fait aucune erreur, tu as été parfaite M'man. Et puis, on n'élève personne, les gens s'élèvent tout seuls — quand ils s'élèvent. Tout ce qu'on peut faire, c'est les considérer comme des individus normaux et changer le papier peint de leur chambre, quand ils n'aiment plus la couleur. On ne peut rien apprendre à leur place.

— Oh, ça, ce sont des idées d'écrivain... N'empêche que tu ne vis pas une vie normale....

C'était le point crucial de ces discussions bisannuelles. La plupart du temps, je demandais simplement : « — Qu'est-ce que tu appelles une vie normale ? » (Il est vrai que mes enfants vivaient avec leur mère et que j'avais divorcé deux ou trois fois.)

— Enfin, ne me dis pas que tu mènes une vie normale...

— J'ai quitté des femmes exceptionnelles pour des femmes exceptionnelles, j'ai eu la chance d'en rencontrer plusieurs, c'est tout...

— En fait, tu t'es toujours appuyé sur les femmes...

— Sur qui voudrais-tu qu'on s'appuie, M'man ?

Tu souriais un peu mais tu ne voulais pas lâcher prise :

— ... Mais qu'est-ce que je peux dire aux gens, moi ? L'autre jour, tiens, la mère Pruneau, la fermière qui m'apporte des œufs... Je sentais bien qu'elle voulait dire quelque chose, elle a fini par me demander : « Votre aîné, il est toujours avec la même femme ? »

— Non ! Les gens sont incroyables. Tu aurais dû lui répondre : Ah, ça, Mère Pruneau, j'pourrions pas vous dire... Avec laquelle que c'était qu'vous l'auriez vu, la dernière fois ?...

Tu riais. On reprenait un peu de café et la conversation roulait sur le village, les dernières années de ta mère, mon frère, tes nièces et finissait invariablement sur Chatinais, le hameau mythique du haut-plateau ardéchois, la maison de mes arrière-grands-parents restaurée par ton frère, le lieu-dit de ton enfance et de tes meilleurs souvenirs... Debout, moi adossé contre le vieux buffet de la cuisine, toi appuyée sur le rebord de l'évier, on discutait jusqu'à deux, trois heures du matin. Le père nous interrompait parfois. Il faisait entendre, par la porte toujours entrebâillée de sa chambre-bureau-caverne d'Ali Baba-capharnaüm, sa voix irritée : « — Pas encore couchés ? ». Quand on ne faisait pas comme lui, on faisait mal. Nous l'énervions et il refusait de fermer sa porte. Ce qu'il y a de terrible, chez les gens nerveux, c'est qu'ils ont besoin de sujets d'énervement.

Au bout d'un moment, je réclamais un bout de saucisson. « — Tu vas manger à cette heure-là ? » Il y avait toujours au moins un saucisson miraculeux chez toi. Tu en coupais des tranches (des demi-tranches pour toi) avec un couteau hérité de ta mère et dont la lame, usée mais tranchante comme un rasoir, ne faisait plus que le tiers de la longueur du manche.

Mais il est arrivé — tu m'avais blessé (ou bien mon père s'en était chargé) — que je sois méchant : « — Tu veux dire : une vie normale comme celle que tu mènes ? ». Variante : une fois tu m'as lancé un « Mais-quand-vas-tu-devenir-adulte ? » qui m'a mis en transe. « — Quoi ? Qu'est-ce que c'est ? Adulte ! Tu veux rire. Tu connais des adultes ? Non, mais dis-moi, tu peux me citer un seul nom d'adulte ?... »

Ça ne te faisait pas rire, tu allais te coucher et je devais découvrir tout seul la cachette du saucisson miraculeux dont je me coupais d'énormes tranches avec le couteau sans lame de la grand-mère.

Tout avait changé quand je t'avais présenté Mary. D'abord, tu n'avais pas voulu en entendre parler, je t'en avais trop fait voir, je menais ma vie et tu menais la tienne, tu avais eu assez de belles-filles, tu t'habituais à elles et, hop, ce n'étaient plus que des amies, d'ailleurs c'était encore pire, qu'elles restent des amies, les gens n'y comprenaient plus rien, forcément.

— Mais tu vas l'adorer, M'man !

Mary n'a jamais été ta belle-fille. Elle est tout de suite devenue ta fille. Votre entente ne tenait pas à des conversations, ni à des goûts ou des intérêts communs, c'était l'entente magique des sages qui, se contentant d'être eux-mêmes (au besoin, ils en doutent) perçoivent d'autant mieux ce que sont les autres. Cette complicité rare n'existe guère qu'entre les femmes débarrassées de tout rapport de rivalité (les hommes ne s'en libèrent jamais tout à fait). Comme il te semblait que partager ma vie, avec ses particularités, était une lourde responsabilité, tu t'étais inquiétée pour elle : « — Vous avez bien réfléchi, Petite ? » Mary t'avait prise dans ses bras.

Par le miracle de cette jeune femme qui nous aimait tous les deux, tout ce que je m'étais permis dans ma vie — tout ce que tu t'étais interdit dans la tienne — avait cessé de nous séparer.

La décision de faire venir Marie, ta petite-fille, à Londres en cette fin d'année, sans t'en parler, pour être sûr que la rencontre aurait enfin lieu, s'était imposée à moi. Mary l'avait trouvée évidente et nous ne l'avions pas vraiment discutée comme il aurait été logique de le faire : l'idée de troubler ce séjour dont tu semblais te réjouir aurait dû nous faire hésiter. Tu sais que je ne suis pas spécialement un « décideur ». En fait, je ne sais pas ce que ça veut dire, exactement, décider. Quand je sais ce que je dois faire, je le fais, on ne peut pas appeler ça décider. Et quand je ne sais pas quoi faire, je ne vois pas pourquoi je déciderais de faire n'importe quoi. Après tant de temps, on aurait tout aussi bien pu attendre l'été, ou le prochain Noël... Et pourtant, si cette décision n'avait pas été prise, je ne me le serais jamais pardonné. *Qui* savait que, dix jours plus tard, ce ne serait plus jamais possible ? Et sait-on bien ce qu'on dit quand on prétend que « le moment était venu » ?

La dame de soixante-sept ans qu'elle n'avait jamais vue et qui se trouvait être la mère de son père, cette jeune femme aurait pu se demander comment l'appeler — Grand-mère, Madame ? — ou, plus probablement, s'appliquer à ne pas avoir à la nommer. Marie, avec cette sorte de simplicité qui est la marque des intelligences libres mais passe souvent dans le monde pour provocation, t'a appelée Jeanne. Toi, inquiète, tu aurais pu te réfugier dans un statut de Madame ou de Grand-mère : tu as été Jeanne. J'ai été très fier de vous deux. Même que ça m'a un peu vieilli.

A la fin de ce dernier dîner, après un long silence sans malaise, un silence de qualité, Marie t'a dit : « — Vous êtes belle, Jeanne. » Tu as été émue. Tu as voulu dire que ce n'était pas vrai, que tu n'étais pas belle, mais tu ne l'as pas dit. Je sais que tu as été heureuse. Et je sais que tu as ressenti aussi un fond de tristesse. Je sais que tu t'es dit, un instant, que ta vie était passée.

En mer

J'ai trouvé mon lit ouvert selon la meilleure tradition de l'école hôtelière. Une boîte de chocolats (*Charbonnel & Walker, by appointement of Her Majesty the Queen*) orne la table de nuit. La stewardesse est repassée par là. Un nuage de désodorisant « bouquet printanier » signale que j'ai déjà été repéré en tant que fumeur. Ne parvenant pas à ouvrir mon hublot, j'interpelle un matelot philippin qui passe dans la coursive. Il m'explique que les hublots sont condamnés en cette saison, sur l'Atlantique Nord, pour raison de sécurité. Un peu inquiétant : le mien est situé à vingt mètres au-dessus de la ligne de flottaison...

J'ai eu du mal à repérer le chemin de ma cabine dans ce labyrinthe flottant. Je ne me trouvais jamais sur le bon pont. J'ai traversé plusieurs pistes de danse, jeté un coup d'œil au show du grand salon — girls en bas résille et chanteurs de charme en costumes exotiques —, croisé un échantillon représentatif d'humanité en goguette. Après avoir hésité entre plusieurs bars, j'ai pris une coupe de champagne dans celui du Yacht Club. Plusieurs fois, sans l'avoir voulu, je suis repassé par la galerie des boutiques de luxe, au-dessus du super show. Les boutiques étaient en train de fermer. Des vendeuses en corsages blancs et petits tailleurs m'ont lancé des regards soupçonneux : sur ce bateau qui berce dans ses entrailles mille deux cents passagers, se retrouver tout seul dans un endroit paraît forcément bizarre.

J'ai bien dormi, doucement balancé sur un océan contenu par d'efficaces stabilisateurs de roulis, sans mémoriser de rêves ni de cauchemars. La stewardesse — elle s'appelle Jane — me réveille en tirant les rideaux. Elle a déposé sur la desserte-commode devant le hublot un plateau de petit déjeuner royal agrémenté d'une orchidée dans un soliflore. — *Good morning, Sir.* Dès qu'elle est sortie, je pose un pied léger sur la moquette. Je navigue en première classe, je suis comme un coq en pâte, au grand large, par 63° de longitude et 42 de latitude, pourquoi je m'en ferais ? Seulement, voilà : je n'arrive pas à ne pas m'en faire. Je suis un inquiet. Un mauvais vivant. J'ai des bouffées de joie mais, tout de suite après, je ne peux pas m'empêcher de penser à des choses terribles. Je traîne dans les cocktails mondains des citations de Louis-Ferdinand Céline : « La rue des hommes est à sens unique, la mort tient tous les cafés »...

L'une des quatre chaînes de télévision retransmet en permanence le point de vue de la passerelle. La mer, à perte de... Soudain, une voix puissante qui prétend être celle de l'officier en charge de la sécurité à bord, retentit dans la cabine. Surpris, je cherche la cachette du haut-parleur et, le temps de prendre conscience que le message est exprimé en anglais, j'ai perdu la moitié de son contenu. Il est question d'exercice de sauvetage. Tout le monde sur le pont ! Quel pont ? Un gilet de sauvetage, où çà ?

Dans le couloir, une foule bigarrée en tenue de naufrage s'écoule difficilement. J'avise un officier. C'est obligatoire ? *Of course, Sir.* On n'a jamais nulle part suffisamment de latitude. Chacun des passagers est considéré comme indispensable par la Compagnie qui veut pouvoir tous les repêcher un par un en cas de problème, à cause des assurances. Il est vrai que se trouvent à bord un tas de gens à la tête (ou à la queue ?) d'immenses fortunes et dont les familles seraient chagrinées d'apprendre qu'ils ont sombré avec leurs bijoux. Je trouve ce qu'on appelle ici un « gilet de vie » dans un coffre au-dessus d'une penderie. C'est orange, avec deux trous, une lampe clignotante, un sifflet et plein de lacets. Je prends le tout sous le bras et je pars à la recherche d'un point de rassemblement. Une vieille Lady britannique entièrement équipée, lestée d'ors et de diamants et affublée, sous son gilet de vie, d'un horrible survêtement rose, me demande si elle peut m'aider. Je ne dis pas non. Elle m'initie à l'art du laçage de survie et me fait de superbes ganses un peu partout.

— Il paraît qu'on a signalé quelques icebergs, dis-je.

— Oh, vous êtes un garçon très drôle, fait-elle. Avez-vous essayé le sifflet ?

Nous donnons un petit concert vite interrompu par le regard glacial d'un monsieur dont la Reine est peut-être la cousine.

— De toutes façons, me glisse-t-elle à l'oreille comme une petite fille insolente prise en faute, nous finirons tous par être un jour portés disparus.

— Vous êtes très drôle aussi. En cas de naufrage, j'espère que nous nous retrouverons dans la même embarcation...

— Oh, c'est une très bonne idée. Disons : la chaloupe numéro sept, voulez-vous ? C'est mon chiffre...

Au déjeuner, Orson, Rose, Suzie, Lucy et les autres m'accueillent en vieille connaissance. *Hello Jack !* Ils me résument leurs propos, ils tiennent absolument à ce que j'y prenne part. Venise, les primitifs italiens, le vin d'Espagne... Je n'ai que très peu d'avis en stock sur les choses. Quand on me pose des questions, je suis obligé de réfléchir et ça casse le rythme, je détonne. La plupart des conversations autour d'une nappe, les discussions de restaurant en particulier, relèvent pour moi du sévice de table, je préfèrerais passer la main. Ils n'ont malheureusement pas l'intention de m'épargner un seul tour et je dois m'exécuter, dans une langue assez éloignée de celle de Shakespeare.

— ... J'aime beaucoup la peinture primitive... *I mean*, je veux dire... la peinture primitive n'est pas aussi primitive qu'on le croit...

— *Oh, it's absolutely true, Jack !*

Fra Angelico, priez pour nous.

Ce n'est pas que je déteste forcément parler ou écouter en mangeant et en buvant. Je garde toujours à portée de neurones le souvenir de certains dîners de famille à Chatinais. Tous les acteurs y tenaient particulièrement bien leur rôle de parent proche. Le texte était à chaque fois improvisé, à partir de canevas familiaux connus, avec la distance, la ferveur et l'humilité qui qualifient les plus grands comédiens (ceux qu'on oublie souvent d'applaudir). La joie avait toujours son couvert. J'ajouterai à ces dîners d'exceptionnels soupers aux chandelles en tête-à-tête (ceux qui ont le don d'effacer magiquement les restaurants). Il y a des moments dans la vie où vous vous sentez sur le point de comprendre le monde, vous avez l'impression qu'il pourrait y avoir quelque chose à partager, au moins qu'on pourrait en parler...

Lorsque quelqu'un laissait entendre qu'il me trouvait un peu taciturne, tu semblais craindre que ce soit un péché et tu t'empressais de raconter que j'étais très bavard entre deux et sept ans. C'est vrai. A deux ans, je discutais beaucoup avec les mouches. Ça faisait rire ma grand-mère, ta mère, Louise. Je ne peux pas dire que je me rappelle exactement ce qu'on se disait, les mouches et moi, mais je garde un très bon souvenir de ces conversations. Louise est morte, à quatre-vingt-quatorze ans, trente ans plus tard. Vers la fin, elle avait parfois des trous d'une cinquantaine d'années dans ses souvenirs et me prenait tantôt pour son fils cadet, mort un an avant ma naissance, tantôt pour son fils aîné. Mais elle n'a jamais oublié que j'étais « si drôle en discutant avec ces mouches ». On se donne des airs de misanthrope et, au fond, on est prêt à discuter avec tout le monde. Jusqu'à sept ans, j'ai parlé aux commerçants, aux passants, aux étrangers et aux oiseaux. Je bavardais avec Ali qui passait le rouleau compresseur dans la cour fraîchement goudronnée de l'école. Ali m'aidait à grimper sur le siège de cette impressionnante machine à aplatir le monde. Je m'installais au volant, un drôle de volant avec une manivelle. Ali était marocain et tout ridé, comme un très vieux cuir, un maroquin. Avec toutes ces rides, il avait toujours l'air de rigoler. Il portait une chéchia rouge, sentait le goudron et me donnait des bonbons à l'anis. Notre relation n'a peut-être duré qu'une semaine mais il me semble que c'était tout un été. Ali ne parlait pas beaucoup, c'était plutôt moi qui déballais en vrac tous les trucs extraordinaires qu'on sait sur le monde à sept ans. Lui se contentait de rire dans ses rides. Un ami, quoi.

Ce n'était pas ordinaire dans la région, « les Arabes », à l'époque. J'en avais déjà entendu parler mais je n'avais pas fait le rapprochement avec Ali. Un jour, la boulangère m'a lancé : « — Alors, t'es copain avec les Arabes ? » Quand j'ai compris, j'ai raconté les bonbons à l'anis et le rouleau compresseur. Elle m'a dit qu'il ne fallait pas accepter les bonbons. Les gens vous conseillent toujours de refuser les bonbons quand on ne leur en offre pas, à eux. L'ironie de la boulangère, c'est le premier coup d'aiguille parvenu à percer la cotte de mailles de ma naïveté. L'ironie, c'est redoutable, ça pique et ça tache en même temps : je m'étais senti sale. (Une quinzaine d'années plus tard, sa fille épouserait un Arabe et la boulangère ne tarirait pas d'éloges sur son gendre qui serait d'une si bonne famille, bardé de diplômes, si bien éduqué et si gentil.)

Toi aussi, tu étais sensible aux taches. Tu as gardé ta cotte de mailles plus longtemps que moi et tu t'es souvent sentie sale aussi. Quelquefois, c'est moi qui t'ai éclaboussée. Je sais. La vie vous éclabousse et vous finissez par sauter dans les flaques à votre tour. Je ferai un peu de lessive aussi dans ce poème.

Depuis l'âge de sept ans, j'ai à peu près cessé

d'être bavard. Mes propres paroles m'ennuient profondément quand elles ne sont pas produites par l'émotion. L'émotion, c'est la même chose que l'intelligence, en moins prétentieux. L'intelligence consiste à relier les choses entre elles, à élargir son champ de vision : à mettre son esprit en mouvement. C'est justement ce que signifie le verbe *s'émouvoir*. Ce n'est pas parce qu'il arrive qu'on se noie dans son émotion, qu'on peut être intelligent autrement qu'en émotion — on ne peut pas. Et, tout compte fait, l'imagination est notre seul vrai moyen de connaissance. — Est-ce qu'on peut dire des choses comme ça dans un poème ? — Bien sûr. Il faut tout dire dans les poèmes. La vie est astronomique et microscopique, biochimique, biophysique, mais surtout biologique et biographique... Poétique. Ça veut dire que, si elle n'a pas de sens, il faut lui en donner. Avec un peu de musique, si possible. La génétique, c'est très beau mais c'est comme la danse : on ne danse pas vraiment bien quand on compte ses pas. Il faut connaître les pas pour ne plus avoir à s'y arrêter. Il faut qu'on se bouge. Il faudra toujours se bouger. S'émouvoir. Toujours.

Il y a des jours où l'immobilité des esprits nous pétrifie et, par ailleurs, nous avons parfois le pressentiment de mouvements vertigineux. Tu es morte et je te retiens encore un peu dans ce monde. Ce n'est pas pour t'embêter. Je ne veux pas entrer tout de suite au Grand Orphelinat, comme j'espérais rater le car du pensionnat, le lundi matin. Je ne veux pas m'habituer à ton absence. Ta disparition éclaire toutes choses d'une lumière éblouissante, presque intolérable, mais sur cette lumière crue qui me met au monde une seconde fois, je ne veux pas fermer les yeux. Il me semble que le temps s'est relâché et que je suis encore à certains endroits, certaines années.

J'ai six ans. Sur le sable fin d'une petite crique de l'île de Groix, nous mangeons des tartines de beurre salé arrosées de limonade tiède. Tu as de longues jambes, un maillot de bain une-pièce, jaune, qui va bien à ta peau déjà bronzée et des lunettes de soleil qui font voir le monde en vert. Tu me les prêtes de temps en temps et je trouve ça très chic, ce vert. Mes lunettes à moi sont en mica marron... Ce sont de longues vacances de santé : nous restons tout l'été parce qu'un médecin de campagne a eu la bonne idée de redouter un peu d'anémie pour mon petit frère — qui va devenir un colosse. Laurent et Angèle Le Beherec nous louent une petite pièce dans le bourg. Il faut aller chercher l'eau à la fontaine et nous avons pour voisin le cochon, Totor, qui est malade — il a fallu lui administrer un lavement (Angèle en pleurera encore de rire, vingt ans plus tard). Nous sommes venus jusqu'à Lorient par le train de nuit, sur les belles banquettes en bois d'un wagon de troisième classe. On ne fait plus de vacances aussi formidables. La girouette au sommet du clocher du bourg représente un thon. Le dimanche, à la sortie de la messe, Lucile Tonnerre — dont le mari a été pilote du yacht de la famille Coty — nous offre une part du meilleur gâteau breton de Bretagne. (Lucile, quand elle sera beaucoup plus vieille, veuve, mettra son plus beau costume traditionnel, sa plus belle coiffe et elle s'allongera sur son lit pour mourir — en laissant un mot pour dire qu'elle a confectionné plusieurs gâteaux et mis du champagne au frais, pour son enterrement.) J'aime beaucoup Paule, vingt ans, la fille de Laurent et d'Angèle, mais ça m'agace un peu qu'elle écoute tous les soirs la radio pour avoir des nouvelles du bateau de son mari. Sa petite cousine est très prétentieuse, elle se croit supérieure parce qu'elle a huit ans. Tu me fais de la peine, en lui parlant comme à une grande personne et en ne comprenant pas pourquoi je ne veux pas faire ma toilette devant elle.

Tout le monde te trouve très belle, très distinguée. Le poissonnier, qui jouit du prestige de posséder la seule voiture de l'île, me le répète sans arrêt et me donne des paniers de langoustines. Tu es fâchée : je ne devrais pas les accepter. Je ne vois vraiment pas pourquoi on refuserait des langoustines gratuites sous prétexte que le poissonnier te trouve belle.

Nous sommes sur le port, mon frère, toi et moi. Papa revient pour la fin des vacances. « — Vous voyez Papa, les enfants ? Là, à l'avant du bateau ! » Oui, ça y est. Il est facilement reconnaissable, avec son air dégingandé, son bouc, sa casquette à grande visière. Il va bientôt virer à droite mais, là, il fait encore très instituteur style Front populaire. Nous, on est plutôt content de le voir, il est parti depuis un mois, on l'avait oublié. Le bateau est encore à trois mètres du quai quand il commence à nous engueuler : on est trop près du bord. On est toujours trop près du bord, avec lui. S'il était resté tout le temps, on n'aurait pas encore vu la mer.

Tu as les larmes aux yeux. Tu dis : « — Il n'est pas méchant mais c'est un hyper-nerveux... » Bien sûr, M'man. T'en fais pas. Reste encore un peu.

Plus tard, comme tout le monde, j'irai déjeuner, tout seul, à la cantine du Grand Orphelinat de la Mémoire Perdue.

Londres

Six heures. Vous avez passé cinq heures à pleurer doucement, à vous lamenter, à invoquer un Destin, à laisser remonter des souvenirs, à revivre les dernières heures de sa présence devant cette cheminée... Vous pourriez aussi bien rester des jours durant à tisonner le feu, en prenant peu à peu conscience que vous allez désormais devoir mesurer la vie à d'autres aulnes, que vous ne pourrez plus aussi facilement vous fonder sur le mirage des agendas.

Il n'y a de place dans aucun avion avant le soir. Vous ne pouvez pas attendre, vous allez partir en voiture. Il faudrait vous reposer une heure ou deux. Vous vous allongez. Vous fermez les yeux. Au bout d'une demi-seconde, vous avez déjà vu tellement d'horreurs que vous les rouvrez précipitamment et vous vous levez pour faire du café. Mary a cédé à la fatigue et à l'émotion. Vous

vous sentez très seul et cependant vous êtes un peu soulagé de savoir qu'elle s'est endormie.

Votre esprit est en mouvement. A une vitesse qui vous donne la nausée. La souffrance, comme la joie, vous inonde d'informations. Vous ne pouvez pas suivre. (Le cerveau humain, dit-on, ne fonctionne ordinairement qu'à dix pour cent de ses possibilités : ça paraît raisonnable. En temps normal, sagement, nous nous interdisons de penser.)

Trois quarts d'heure plus tard, Mary, qui se réveille, éclate en sanglots : *elle avait oublié*. Elle se tient quelques marches d'escaliers au-dessus de vous, dans l'absolu dénuement de la douleur. Vous êtes bouleversé. La souffrance et la mort ouvrent de tels abîmes... Comment des hommes peuvent-ils les infliger sciemment à d'autres hommes, sinon dans une négation démente de leur propre souffrance et de leur propre mort ?

Il y a les deux petits vieux d'en face, nos voisins anglais à qui nous laissons les clés, qui se tiennent sur le trottoir devant leur maison, l'air terriblement navré...

Sur la route

Le vent s'est mis à souffler en tempête. Il pleut. Il va pleuvoir tout au long de cet interminable voyage. Sur l'autoroute vers Douvres, une voiture de police nous oblige à nous ranger sur la bande d'arrêt d'urgence : nous dépassions de six miles à l'heure la vitesse autorisée. Nous reconnaissons les faits et nous excusons. Le policier britannique nous autorise courtoisement à repartir.

Ce n'est pas que la mort proche vous rende les choses irréelles mais elle élargit l'horizon ; mille détails de la vie quotidienne redeviennent ce qu'ils ne devraient jamais cesser d'être, des détails.

La Manche est très agitée ; le ferry sur lequel nous comptions embarquer est retardé d'une heure. Le même ciel noir relie les falaises de Douvres à Calais. L'autoroute du Nord est balayée par une pluie presque horizontale. Peu à peu, l'exaltation de la souffrance fait place à la tension nerveuse de la route. Nous doublons d'interminables files de camions. A chaque dépassement, les turbulences provoquées par les poids lourds triomphent des essuies-glaces et noient le pare-brise : nous restons une ou deux secondes sans vision, entre des trains d'énormes roues et la rambarde. L'existence a parfois des airs de loterie idiote.

Nous réécoutons sans arrêt une chanson belle et triste d'une musicienne celte. La chanson parle des vents et dit que le monde tourne et tourne, avec tout ce que nous savons et que nous avons toujours su, et qu'il faudrait que nos paroles soient d'or et nos rêves sans cesse nouveaux pour que le ciel, au-dessus de nous, paraisse *carribean blue*...

Le bleu, plutôt sombre, était ta couleur. La plupart des manteaux et des tailleurs que tu as portés pendant la seconde moitié de ta vie étaient bleu marine. Une sorte de demi-deuil. Tu avais abandonné les foulards rouges roulés dont tu cernais ton chignon, sur la plage ou à la campagne, les maillots de bain jaunes... Je me souviens d'une veste jaune « caca d'oie » qui allait très bien à ta jeunesse — j'entendais « cacadois », à l'époque, qui me paraissait seulement un mot un peu compliqué comme carquois ou turquoise... Ces dernières années tu choisissais des bleus de plus en plus foncés et parfois même du noir. Mais l'image qui domine dans cette surimpression, c'est un petit tailleur « pied de poule », bleu et blanc.

Carribean blue. C'est une sorte de valse incantatoire, rythmée, lyrique, d'une douceur tragique propre à la musique celtique. Que serions-nous, quel fond de désespoir n'atteindrions-nous pas, sans la musique et la poésie, la musique de la parole, qui nous aident à égrener les trop-pleins d'amertume, de souffrance ou de nostalgie et se gravent en exergue de tous les chapitres de notre mémoire ? Il suffira d'évoquer le fragment de chant en exergue pour rendre vie au chapitre tout entier. Ta mort sera toujours bleu caraïbe.

Au bout de ce chemin de croix de stations-service sous le déluge, vous commencez à vous réveiller comme d'un mauvais sommeil. Il y a une réalité à laquelle vous n'avez pas cessé de penser tout au long de la route et que vous avez pourtant jusque-là éludée, d'une certaine façon, dans sa matérialité : son absence en chair et en os. Ses yeux fermés, ses lèvres closes, sa peau glacée. Et soudain vous n'êtes plus si pressé d'arriver. Vous êtes encore un peu en sursis. Vous vous arrêtez à la dernière station — pour mieux vous préparer ou pour reculer l'échéance ? La nuit d'hiver est déjà tombée. Vous téléphonez. Votre frère et deux de vos cousines sont là. Votre père a pris un calmant, il dort. De retour dans la voiture, les mains sur le volant, vous échangez un long regard avec Mary, un long silence, un pauvre sourire noyé. Il faut y aller.

Ainsi le monde tourne et tourne, avec tout ce qu'on a toujours su… Il nous faudrait des paroles et des musiques formidables pour changer le cours des galaxies.

En mer

La moustache et les lèvres salées par les embruns, j'arpente les trois cents mètres du pont-promenade, sous les immenses canots de sauvetage. Je pourrais me livrer sur d'autres ponts à toutes ces activités qui semblent obligées pour mes compagnons de voyage : mini-tennis, entraînement au golf, jeux de palets... Je comprends bien qu'il faille se persuader d'une manière ou d'une autre qu'on est en croisière. Je jouerais bien à quelque chose mais ce n'est pas mon genre de me pointer : « — Salut, besoin d'un équipier ? » D'ailleurs, je n'aimerais pas non plus qu'on m'invite : « — Hé vous, le grand taciturne, venez-donc jouer avec nous au lieu de rester planté là comme un sémaphore, il nous manque un bon serveur ! » Je ne suis pas du tout un bon serveur.

J'attrape un transat au sommet d'une pile, je le déplie le long de la rambarde et je m'allonge sous une couverture. Ça fait très croisière, ça, non ? Sauf que je suis tout seul, sous mon canot de sauvetage, dans un courant d'air de banquise. Un vieux steward qui passe me regarde avec attendrissement et me demande si tout va bien. Je réponds que tout est au mieux. (Il est très incorrect de répondre aux gens qui vous demandent comment ça va que *tout* ne va pas pour le mieux. Ils se croiraient obligés de vous demander ce qui ne va pas et vous répondriez. Votre mère est morte, il n'y a plus de philosophie, la planète est au plus mal, vous-même ne vous sentez pas très bien, *et caetera*... Ils se mettraient rapidement à vous haïr, iraient jusqu'à vous dénoncer au Commissaire de bord. Les gens ne se paient pas des croisières qui coûtent les yeux de la tête pour tomber sur des amateurs de désespoir allongés en travers du pont-promenade...)

Tout va pour le mieux. Je sais ce que j'ai envie de faire : je voudrais VOIR. C'est urgent. Mon champ de conscience est trop étroit, je voudrais pouvoir embrasser davantage. J'aimerais tout voir. En même temps. Le désert mouvant de l'Atlantique, les sommets et les abîmes, les conquêtes, les croisières et les exodes, la Belle Époque, la vie quotidienne des Allobroges au cinquième siècle, le Big Bang, le premier regard échangé par mon père et ma mère, ce monde aux sept mille merveilles et aux sept cent mille guerres de sécession... En fait, la réalité de ma présence sur cet illustre pont m'échappe presque autant que celle de la mort de ma mère. Je suis de quart sur le pont-promenade, au milieu de l'Atlantique Nord, ma mère est morte. Qu'est-ce qui est vrai ? A quoi ça sert ?

C'est Bart, le Virginien, qui lance le sujet au dîner. Il y a un hôpital à bord, au sixième pont — avec bloc opératoire et tout : il paraît qu'avec tous ces milliardaires du troisième âge qui font des excès, il y a en moyenne un mort par traversée...

Lucy, la plus âgée des deux travailleuses sociales, la maigre, dit qu'un jour on vaincra la mort, sur un ton qui se voudrait léger, pas très réussi. Mais il en faudrait plus pour distraire l'appétit de Suzie.

— Manger du caviar pour l'éternité !

— Ceci impliquerait également l'éternité pour les esturgeons, commente doucement Rose.

Quand on est bien élevé, on peut soutenir convenablement n'importe quel sujet de conversation. Orson, qui sourit entre sa barbe et ses sourcils froncés depuis un instant, pose sa main sur celle de sa femme :

— C'est d'une merveilleuse logique, mon cœur... Mais... Qu'on parvienne à retarder le vieillissement, à éliminer plusieurs maladies mortelles, à prolonger la vie, c'est probable. Qu'on parvienne à vaincre la mort, je ne le crois pas. D'ailleurs, on n'éliminera jamais tous les facteurs accidentels, il y aura toujours des suicides... J'ajouterai que je ne souhaite pas qu'on y parvienne. Personnellement, j'espère bien mourir un jour. J'ai cinquante-trois ans et il y a déjà des choses qui m'ennuient beaucoup. Qui m'ont toujours ennuyé, c'est vrai, mais je me dis : encore quelque temps, d'accord, mais pour l'éternité, non, merci...

Je manifeste chaleureusement mon adhésion à ces propos (être d'accord avec les gens me met en joie) — avec un enthousiasme auquel le sujet ne se prête peut-être pas. Suzie tourne la tête vers moi, sans s'éloigner pour autant de sa coupelle d'œufs d'esturgeon :

— Vous vous réjouissez de votre mort ?

En anglais, ça donne même littéralement : vous jouissez votre mort ? J'ai failli la choquer. Je me cherche des excuses.

— La mort est une nécessité professionnelle pour un écrivain... Je veux dire : en dehors de l'espoir d'une reconnaissance posthume... Enfin, il faut que les histoires se finissent... La mort est encore le moyen le plus discret d'éliminer des personnages secondaires au cours du récit. Et, pour le personnage principal, elle reste ce qu'on a inventé de mieux, en matière de chute... Toutes les histoires humaines sont sauvées par la chute. La plupart ne seraient que d'assommants vaudevilles, s'il n'y avait pas la mort. Mais les grands destins ont besoin de la mort aussi... Quand le grand homme est parvenu à l'apogée de sa gloire, on sent bien que ça ne peut pas durer éternellement. Ça deviendrait très vite ennuyeux...

— Sans compter que l'ennui est mortel, lui aussi, fait remarquer l'avocat de la Nouvelle-Angleterre.

Je lève mon verre à sa santé. Suzie suce son dernier grain de caviar :

— Vous êtes des intellectuels.

— Tu es plus compétente en caviar qu'en littérature, Chérie, lui lance son ingénieur de mari sur un ton de supériorité bonhomme. Il a l'air d'être pressé de clore cette discussion ; il sourit de toutes ses dents et rectifie son nœud papillon.

— Bon, c'est l'heure du show au Grand Théâtre... Vous venez avec nous, Jack ?

Au village, au bout de la route

Quelque chose vient de se taire en vous. La route redevient une simple route. Le paysage connu, à force de n'être plus qu'un paysage, en deviendrait incongru. Il vous aurait semblé normal que le donjon en ruine se soit écroulé définitivement, le virage du moulin davantage refermé sur lui-même, le plateau surélevé... Les dernières guirlandes de Noël balancent mollement sous la pluie de faibles lueurs multicolores. Les rues du village en paraissent encore plus désertes. Vous passez le dernier carrefour. Oui, quelque chose comme une musique d'orgues vient de se taire en vous. Vous avez peur. Maintenant, vous êtes arrivé.

Maintenant, c'est arrivé.

La maison est éclairée comme par une nuit d'hiver normale. La porte s'ouvre : votre frère, vos cousines Dany et Marie-A. vous étreignent.

La stature de votre frère, une montagne de tristesse, d'accablement résigné. Il ne pleurera pas. Il ne dira rien. C'est Dany, sûrement, qui demande : « — La route n'a pas été trop dure ? » La question vous gêne un peu, parce que vous avez la gorge serrée, aussi parce que vous aimeriez rappeler les grandes orgues, le tragique vous paraissait plus confortable, plus cathédrale que cette minuscule entrée, ce couloir dérisoire... Mais c'est une question sainte.

Le couloir. Trop court et trop long à la fois. Vous le franchissez d'un pas qui nécessite une volonté, comme si vos jambes ne savaient plus d'instinct les mouvements de la marche. Au bout de la route, il y a la chambre de votre mère, le lit de votre mère mais il n'y a pas exactement votre mère, ni même le corps de votre mère : *il y a la mort de votre mère.*

Tout ce que vous connaissiez de votre mère était corps. Et votre mère n'est plus là. Vous souhaiteriez pouvoir le dire plus fortement mais cela ne se peut. Bien sûr, vous garderez longtemps, toujours, la vision de sa dernière coiffure, ce bandeau qui lui cache la moitié d'un œil, sa raideur sous le drap — votre mère n'a jamais été étendue comme *ça* — ses joues pâles, ses lèvres serrées... Bien sûr, vous direz : « Son corps » ; vous aquiescerez : « Oui, elle a l'air paisible ». Bien sûr, vous savez : l'électro-encéphalogramme plat, l'arrêt des fonctions vitales... On appelle ça la mort. Abusivement.

Les explications de l'univers par la théorie de l'explosion initiale piétinent encore quelques fractions de seconde avant ladite explosion. Si elles parviennent à les franchir, on pensera avoir tout expliqué : le monde est né d'une explosion. On appellera ça le commencement du monde. Abusivement.

Nous ne posséderons que des évaluations sur le début de l'existence comme nous possédons des évaluations sur sa fin. La seule réalité est que le monde est apparu et que votre mère a disparu. « Au-delà de cette limite, votre ticket n'est plus valable. » Le supplément à payer est exorbitant.

« Pourquoi y a-t-il quelque chose plutôt que rien ? » se demandait un savant célèbre. Et pourquoi n'y aurait-il rien, rien avant, rien après ? Et comment ? C'est comment, *rien* ? Nous avons inventé des dieux et d'autres symboles utiles de notre état de manque, comme le zéro. Le zéro est un dogme. Les questions qui demeurent aujourd'hui ne sont pas moins vertigineuses qu'elles ne l'étaient au Moyen Age, au temps des pharaons, des grottes de Lascaux ou de la Combe-d'Arc. Vraisemblablement, elles le sont davantage. Le mathématicien Henri Poincaré a formulé ce théorème : « Plus la science accroît le cercle de ses connaissances et plus grandit autour le cercle d'ombres. » La grande, belle, tragique épopée de la connaissance humaine conduit à mesurer un peu mieux, chaque jour de victoire, l'ampleur de notre ignorance. C'est pourquoi de nombreux scientifiques préfèrent vaincre à reculons.

Si vous êtes de ceux qui, au moment d'être fusillés, refusent le bandeau sur les yeux, vous n'avez pas forcément moins peur que les autres, le noir vous angoisse peut-être davantage que la vue des fusils. Vous préférez aux anxiolitiques la conscience du cercle d'ombres autour de vous.

Il y a ceux qui vous disent qu'elle est ailleurs et qu'elle veille sur vous. Vous aimeriez y croire, sans doute, mais leur vision de l'au-delà est souvent ennuyeuse. Réductrice. Il y a ceux qui disent que c'est la vie, c'est comme ça, et que la mort est la fin de tout. Cela ne vous paraît pas moins ennuyeux. Ni moins étroit. L'étroitesse est mortelle, comme l'ennui. Vous les refusez, tout simplement. Et vous avez fini par apprendre à ne plus avoir peur de ne pas savoir — il vous a fallu pour cela faire quelques études, puis les défaire...

Celle qui vous a mis au monde, la première de vos connaissances, votre source initiale de lumière et de chaleur, est entrée dans votre cercle d'ombres...

Vous passez ce qui reste de nuit à l'hôtel de l'accueil chaleureux, discret et désintéressé : chez le jeune couple qui habite en face. Il reste des veilleuses allumées dans la nuit du monde. Partout.

Le lendemain est une étrange journée sans heures, sans courage, sans fatigue, presque sans douleur. Vous tenez debout parce que vous vous appuyez les uns contre les autres. Chacun, à son tour, va lui dire quelques mots, dans sa chambre. Comme pour vérifier quelque chose, mais vous ne savez pas vraiment quoi. Vous sentez obscurément que vous bénéficiez d'une prolongation de sursis. Que le rite qui se prépare a lieu sous anesthésie.

Les hommes de l'art sont venus l'installer dans son cercueil de chêne garni d'étoffes et de dentelles. Vous êtes restés derrière la porte. Pour garder d'elle une image « intacte ». D'ailleurs, Caron n'accepte jamais les familles dans sa barque et vous ne vous sentez pas forcément la carrure d'Orphée...

Un petit écriteau, sur la porte d'entrée, prétend que « la famille ne reçoit pas ». La mère Pruneau assure que ça ne la concerne pas : elle veut voir la morte. En psalmodiant un sinistre chapelet de « condoléances », elle serre la main de tout le monde. Elle aurait pu apporter des œufs.

Il faut maintenant s'occuper de faire part, publier des avis de décès, recenser le nombre de couverts pour le repas du lendemain soir. Vos cousines comparent des paroles d'évangile avec le jeune curé venu à moto. Il est question d'émonder l'arbre afin qu'il donne de plus beaux fruits. Que Dieu nous entende. Vous avez pris la meilleure part, le choix de la musique.

Il y a quelque chose qui vous échappe encore davantage que tout le reste, c'est qu'il s'agit d'une fête. Oui. Pour la dernière fois, « faire fête » à Jeanne. Votre père, dont la moitié de la face est rouge, noire et violette, tiendrait peut-être cette idée pour inconvenante. Lui s'occupe de ce que qu'il a toujours su régler au mieux dans les circonstances les plus difficiles : les détails d'organisation. Il est ulcéré de surprendre Mary, Marie et Marie-A. en train de trinquer avec la morte, accoudées sur le cercueil comme sur le bord d'un comptoir. A sa décharge, il faut admettre qu'il ignore tout de ce vieux rite des saintes Marie devant le Saint Sépulcre et qu'il se refuse à reconnaître qu'il puisse y avoir du mauvais et du bon whisky, son sens de la mystique ne va pas jusque-là.

Le soir, avant d'aller essayer de dormir, je reste longuement penché sur ton cercueil ouvert, tes cheveux gris, tes pommettes, le satin froid de tes joues. Tes yeux fermés que je ne verrai plus qu'en rêve. L'espace et le temps se sont gelés. Je pressens les déserts à traverser, les frontières à passer, la certitude à venir du silence et de la solitude. La nécessité d'être plus que jamais vigilant, digne et amical.

Mais je ne crois toujours pas à ta mort. *Je ne sais pas ce que ça veut dire.*

En mer

Cinq ou six personnes patientent devant moi, à l'entrée du Salon de la Reine, et bavardent sur un ton léger, comme s'il s'agissait d'une situation naturelle. J'écarte une poussière, sur ma manche, d'un revers de main. Je tire sur les ailes de mon nœud-papillon. Un jeune homme et une jeune femme, sans doute en voyage de noce, se servent mutuellement de miroir, un peu à l'écart de la queue. Ça va comme ça ? Ma coiffure ? Mon plastron ?...

Nous attendons d'être présentés au Captain Master, l'un après l'autre, par la Directrice Sociale, une grande et belle femme d'une cinquantaine d'années, solennelle, un peu réfrigérante. C'est le traditionnel cocktail offert par le Commandant de l'Occident II. Aux passagers de première classe, ce soir. Demain, ce sera le tour des classes dites « atlantiques ». (Il faut croire qu'en première, on se trouve légèrement au-dessus du niveau de la mer.)

Lorsque je tends la main au Commandant, je le fais d'un peu trop loin, ce qui m'oblige à me pencher, comme si c'était moi qui lui faisait l'honneur de le saluer. Manque de tenue. *Typically French*. Mais il n'a pas l'air de le remarquer, pas davantage d'écouter ce que je baragouine sur son merveilleux navire et sa croisière féérique. Il s'est tourné vers la photographe tout en tirant sur mon bras. Flash. Quatre cents poignées de main dans la soirée (huit cents demain ?). « Hardi les gars, vire au guindeau, *Good By Farewell* !... »

Je promène ma coupe de champagne à travers la foule de smokings et de robes longues. Éclats de rires cristallins. Scintillements de diamants. De temps en temps, un serveur dresse sur ma route l'obstacle d'un plateau d'argent. C'est ainsi que je reconnais, de l'autre côté d'une montagne de toasts, ma vieille milliardaire anglaise, spécialiste des exercices de sauvetage. Je lève mon verre à sa santé, elle agite dans ma direction, avec un sourire ravi, un petit mouchoir de dentelle qu'elle retient par le petit doigt.

Un moment, je suis distrait. Tandis que je détaille, nonobstant toute correction, la robe du soir splendide — décolletée sur des chairs délicates — qui l'accompagne, l'homme au spencer blanc se retourne et me voit. Pris au dépourvu, je le salue d'un sourire et d'une inclinaison du front. Il me répond en se courbant légèrement et son œil unique me perce d'une étincelle bleu-outremer tandis que ses lèvres s'entrouvrent sur un éclair d'émail. Un sourire de pirate. Il est borgne et porte le bandeau sur son œil mort comme on devait porter le chapeau à plumes, à Versailles, au Grand Siècle.

Un élan de sympathie, immédiat, me porte vers ce pirate de la haute. Je ne le croiserai plus, tout au long du voyage, sans qu'il me gratifie de la même courtoisie. Je me sens moi-même trop peu pirate pour envisager de m'en faire un ami mais le sourire de ce flibustier en habit me causera un réel plaisir. Ombré d'un léger regret, cependant : je ne pourrai jamais contempler à loisir l'ange qui le conduit, flotte un peu devant lui comme la voile précède le navire...

Une demi-heure plus tard, j'ai enfin trouvé où poser ma coupe et je me retrouve sur le *sun-deck* balayé par le vent. Seul. Le ciel est strié de nuages, on dirait le ventre d'une raie manta. Les escaliers de fer vibrent sous les rafales. Je me souviens d'un concert improvisé, près du cimetière du Père-Lachaise, à Paris : le vent soufflait dans les tubulures d'un échafaudage, autour du clocher de Notre-Dame-du-Perpétuel-Secours, comme dans des tuyaux d'orgues.

Les marches de fonte se mettent à sonner un carillon faux et précipité : un couple descend du pont supérieur. Une bourrasque s'engouffre sous une robe et me révèle une image-seconde de soiries rituelles... Les dessous des femmes, j'aime qu'ils soient un secret offert à la nuit, au risque du vent, davantage encore qu'une promesse à l'homme qu'elles aiment. Je ne suis pas particulièrement grivois mais j'ai le sens du sacré et je connais le prix des choses. Je remercie le vent.

Tu n'aimais pas les scènes érotiques, dans les films ou dans les livres. A propos d'un des miens, tu m'avais dit — avec cet air impertinent et vaguement dégoûté qu'adolescente, j'imagine, tu prenais pour faire enrager tes frères : « — Beaucoup de bons livres seraient encore meilleurs si les auteurs ne se croyaient pas obligés d'*ajouter* une scène de sexe... »

Tu prenais ce même air impertinent-dégoûté à propos de carottes, de tomates et de certaines personnes. La supérieure des Ursulines avait dû se plaindre, auprès de ta mère, de ce que tu jetais dans les toilettes de l'école les rations de carottes que tu étais censée manger au réfectoire. Nous avons le devoir de finir tous les plats que le Seigneur nous sert, non ?

Passé la trentaine, j'ai retrouvé une scène au fond de ma mémoire, un peu comme on se souvient d'un rêve. Tu allaitais mon petit frère et j'avais donc moins de quatre ans. Je jouais avec un petit maillet en bois avec lequel je tapotais sur tes genoux, puis, en repoussant ta jupe, un peu plus haut sur tes cuisses. Tu m'avais arrêté : je n'avais droit qu'à dix centimètres au-dessus du genou. Ce que j'avais ressenti, je n'avais pas de mots pour le dire, ni même pour le penser, et ceux que je pourrais trouver aujourd'hui seraient par trop trafiqués. Découverte de l'émoi érotique par un jeune mâle de l'espèce Homo Sapiens Sapiens à l'aide d'un instrument contondant. Je sais que ça ne te fait pas rire.

J'ai plus choquant encore. (Et ce n'est rien : Éros et Thanatos dansent autour de nous une ronde autrement sauvage que celle de tous les vents des océans.) A Londres, trois heures après l'annonce de ta mort, nu dans la salle de bains, je suis terrassé par une soudaine et violente crise d'hémorroïdes. Cela va durer dix minutes puis disparaître. Il est évident pour moi que tout mon corps se souvient d'être venu au monde entre tes cuisses.

Les hommes comprennent tardivement, sinon trop tard, qu'ils sont eux aussi promis aux accouchements et aux arrachements.

Je t'aurais envoyé la photo de la poignée de mains avec le Commandant. Tu lui aurais trouvé une petite place dans un coin de ton armoire-bibliothèque, parce que tu aimais voir tes fils « bien habillés ». J'aurais dit, ah, tu l'as mise là, en ayant l'air de trouver ça ridicule. Mais ça m'aurait fait plaisir.

Messe des Morts

Qu'avez-vous fait depuis l'aube ? Participé à toutes sortes de préparatifs. Dès votre départ de Londres, tout a fait partie de la cérémonie. Cela doit tenir lieu de morphine. Vous n'êtes pas là. Pas comme l'été dernier, en tout cas, où vous n'aviez pas ressenti le besoin de vous demander si vous étiez là. Vous avez perdu un peu de votre pesanteur, vous êtes peut-être en train d'expérimenter sur vous-même la possibilité réelle de s'absenter.

Vous vous êtes lavé les cheveux, vous avez pris un bain, vous avez enfilé ce costume sombre, acheté pour une grande occasion, une seule fois porté, et qui sera désormais votre costume d'enterrement. Vous avez l'impression de prendre place dans un très long cortège qui s'est ébranlé dans la nuit des temps, la lente procession de vos ancêtres. Depuis longtemps vous n'êtes plus le dernier numéro, vous êtes un numéro intermédiaire. Vous n'allez pas tarder à vous fondre dans la grisaille de cette procession qui s'éloigne, descend des monts d'Auvergne ou du haut-plateau du Vercors, et va lentement vers on ne sait quel oubli, quelle métamorphose... Vous aimeriez vous retourner pour les voir... Mais quelqu'un vous prend par le bras. C'est votre père.

On a déjà posé le couvercle de chêne sur le dernier visage de votre mère. On a hissé le cercueil dans le fourgon. Le jeune curé l'a accueilli sur le parvis de l'église, entre deux haies humaines. Déjà vous avez remonté la nef centrale dans une lumière étrange. Et votre père vous ramène sur terre, en vous saisissant le bras pour vous écarter. Il a prévu qu'au premier banc de la famille viendraient vos enfants, puis votre frère, vous et lui, par rang d'âge. (Il y a un maître d'école dans le cortège de vos ancêtres et, maintenant, il n'y a plus personne entre lui et vous.)

Les fleurs, partout. Sur le parvis, le cercueil et les marches de l'hôtel, des hommages, des prières de fleurs. L'odeur de l'encens, cette solennité dans l'air. Et l'encens des paroles. Celles des jeunes femmes de la famille. Celles du prêtre qui oublie le dogme et parle d'amitié. La main de votre tante sur votre épaule quand le rite, après vous avoir soutenu, vous coupe les jambes, vous brouille la vue, fait céder en vous le barrage des pleurs et de la désolation. Maman est morte.

Et la musique.

Elle monte. Doucement. Un soupir qui sourd du fond du chœur roman et qui s'amplifie, résonne, suit les voûtes, s'écoule sur vous, puis semble vous remonter comme une marée, vous serre le cœur, la poitrine, la gorge.

Et puis vous ouvre.

Cette musique, il vous a fallu des années pour la trouver. Après l'avoir entendue, sans références, sur une radio dont vous ignoriez la fréquence, vous en aviez parlé à quelques amis musiciens. Mais vous n'étiez pas capable de la décrire, encore moins de la fredonner. Quand vous avez cru la découvrir enfin, la « Maurerische Trauermusik », la « Musique funèbre maçonnique » de Mozart (K 477), vous avez douté. C'était presque ça mais il vous manquait quelque chose. Tous les enregistrements disponibles se révélaient en-deça de votre souvenir et vous pensiez ne plus jamais retrouver cette émotion qui vous avait laissé en état de manque. C'est le London Symphony Orchestra, sous la direction de Istvan Kertész, qui vous l'a rendue. Votre mère était vivante, alors, et vous pouviez espérer avoir encore devant vous une marge suffisante d'avenir insouciant. Ces cinq minutes de musique du *vieux* Mozart (il a trente-trois ans, trois ans à vivre, quand il la compose) disent depuis deux siècles, sans mots, l'émerveillement et la douleur de vivre. L'avènement de la tristesse, l'avènement de la vie, sa lente progression, par vagues, ses feux, son espérance ou sa passion, ses syncopes, ses braises, puis sa descente, et sa disparition sur une note qui ne chute ni ne s'envole, se prolonge et s'éloigne, comme une question qui ne se résoudrait que dans son propre silence. Renvoyant chacun à sa propre fin, son inachèvement. Toute la vie, toute la mort, ou bien seulement un moment privilégié de votre conscience, qu'importe ?

Oh, vous comprenez qu'on puisse lui préférer des opéras, des messes solennelles, des concerts de rock... Mais cette musique vous a enrichi d'un trésor que personne ne vous volera et que, d'ailleurs, vous n'aspirez qu'à partager. Cette tristesse océane qui vous recouvre contient en germe une étincelle de joie, d'une joie infime, atomique, incompréhensible, que vous n'atteindrez sans doute pas de ce côté des mots, qui n'explosera pas mais qui *est* — peut-être partout, au cœur des choses et des êtres, de l'angoisse, de la douleur de la mort même. Qui ne vous appartient pas, mais rien ne vous a jamais appartenu.

C'est sur cette musique, qui vous dit que vous mourrez aussi et qui vous emplit en cet instant d'une immense compassion pour ce monde, que vous lui dites adieu.

Vous la porterez en vous, avec son visage, sa multitude de visages, avec cet océan d'angoisse et cette lueur de joie, inespérée, qui vous tire des larmes de reconnaissance, avec la petite musique funèbre de Mozart, l'Ave Maria de Schubert, des fragments de peintures rupestres, des bouts de poèmes ou de chansons, des paroles de romans, en guise de prières... Et tout cela vivra en vous, jour et nuit, au rythme d'étranges flux — votre part d'aventure humaine — tant que vous verrez un bout de chemin.

Il reste une longue marche à faire en ce jour. De l'église au cimetière, d'abord. Tout à l'heure, il faudra qu'on vous dépouille aussi de sa dépouille, qu'on la descende au fond d'un sinistre caveau de béton. Qu'après en avoir recouvert la dalle, on dispose les fleurs dans l'allée et sur les tombes environnantes. Il a été dit que des registres sont en place au fond de l'église et que la famille se rendra seule au cimetière mais la moitié du village, après avoir signé, vous suivra de loin, se tiendra un peu en retrait. Un moment, vous trouvant par hasard un peu isolés du reste du groupe, votre frère et vous, quelqu'un viendra vous serrer la main, puis un autre, puis tout le monde, des centaines de personnes défileront, vous clouant tous les deux au milieu d'une allée de gravier, transis de froid, submergés. Cela semblera durer des heures. Vous sentirez l'épaule de votre frère, vous serez tous les deux adossés l'un à l'autre comme pour mieux résister à cette déferlante de mains et de visages. Vous aurez le bras ankylosé. Mais vous retrouverez les noms que vous auriez cru avoir oubliés depuis vingt ans, tous les visages vous apparaîtront avec une étonnante netteté. Ébloui par tout ce qu'on peut lire sur les visages humains dans les temps de fracture, vous ne l'oublierez pas.

Puis un homme, penché devant vous, replacera la dalle sur l'obscurité du tombeau. Vous éprouverez un instant l'absurde désir de lui demander de rouvrir, l'absurde idée que ça ne peut pas se terminer comme ça, qu'on ne peut pas l'abandonner là, dans cette chambre sans étoile, sans rien...

Et quelqu'un dira, peut-être vous : « — Nous allons prendre un verre. » On s'étonnera à nouveau de la présence de tous les membres de la famille, comme s'il ne s'agissait pas des mêmes que tout à l'heure.

Il y aura cet ami qui ne l'a jamais vue et qui, apprenant la nouvelle le matin-même à Paris, aura fait six heures de train pour deux heures de cérémonie. On ne laisse pas un ami enterrer sa mère tout seul.

Plus tard, cet autre vous dira : « — Je ne savais pas que tu étais autant attaché à ta mère... » Vous répondrez : « — Moi non plus... Moi non plus, je ne savais pas... »

En mer

Sur l'estrade du Club du Lido, un groupe de musiciens écossais jouent du rock celtique. Je suis de ce pays aussi, de cette musique, de cette fin du monde où la montagne et la mer se disputent une frontière mouvante, du royaume de la nostalgie. L'île de Groix a été mon premier bout du monde. C'est dire que j'y suis né aussi, vérifiant que l'horizon est aussi courbe que l'infini selon Einstein et entrevoyant qu'il se pourrait que je sois là pour faire un tour. L'infini et le mouvant, le Grand Pardon, la lamentation des cornemuses, les processions sur la lande des vieilles bretonnes en coiffe de dentelle et robe de velours, la croix des disparus en mer... Et l'homme en tunique de drap bleu, qui s'aventure au-delà, m'a toujours inspiré le plus grand respect. « Il y a trois sortes d'hommes, disait Socrate, les vivants, les morts et ceux qui vont sur la mer. »

Je suis en train de rêver dans la coque de cuir

d'un fauteuil club, devant la baie vitrée qui donne sur la piscine extérieure, lorsque Bart se plante devant moi en rigolant. Son accent virginien me brouille son anglais, mon accent français lui rend le mien incompréhensible, aussi ne communiquons-nous plus guère que par gestes, sourires et grimaces. Il semble ressentir pour moi un mélange de curiosité et de sympathie, c'est exactement ce que j'éprouve pour lui. Il fait sonner dans sa main une pile de jetons et m'indique, d'un mouvement de la tête, la direction du casino. — *Why not ?* dis-je, non sans éprouver une certaine inquiétude à l'idée d'aller jouer en sa compagnie. Il en est à son troisième smoking depuis New York et change de chemise trois fois par jour. Le plastron de celle-ci s'orne de délicats petits boutons... Je réfléchis : cinq ou six complets, une dizaine de paires de chaussures, une quinzaine de chemises qui, d'ordinaire, cachent leurs boutons... Ça ne peut donc pas être du verre taillé, ce sont des diamants. — Pardon ? — *Yes, yes...* Il me tend une trentaine de jetons de cinq dollars qu'il vient d'extraire d'une poche en même temps qu'une liasse de billets... Je ne peux pas accepter. Je lui fais comprendre que je vais changer de l'argent à la caisse... Il écarte les bras, c'est comme je veux, tant pis, et me souhaite le bonsoir. Ah bon ?... Il m'invitait seulement à jouer avec son argent... Cette idée me déprime profondément. J'achète un paquet de jetons d'un quart de dollar et je m'installe devant la première machine à sous. A chaque *quarter*, j'abaisse le bras métallique sans tenter aucune combinaison, je vais liquider mon stock puis j'irai m'envoyer deux ou trois whiskies au Bar du Théâtre. Et au lit. J'aimerais finir cette nouvelle de Faulkner. Au dernier jeton, je sursaute, le truc se vide les entrailles comme un camion de gravier. Je me sens ridicule. Qu'est-ce que je vais faire de tout ça ? Comment le transporter ? Trois *ladies* maquillées des pieds à la tête, qui ont l'air de beaucoup s'amuser, m'applaudissent. Tout le monde me regarde. L'une des *ladies* va me chercher une dizaine de gobelets en plastique. — *Congratulations !* Le respect dû à l'argent, déjà... Je remplis mes gobelets et entame une série d'allers et retours en direction de la caisse. A chaque voyage, je sens que mes canines s'allongent. Encore un petit milliard de coups comme ça et je rachète ce bateau.

En fin de compte, ça ne fait pas tellement. Je mets cent dollars de côté pour les pourboires à distribuer à l'arrivée, c'est un problème qui me préoccupait. « C'est l'usage », précise une petite note dans le tiroir de ma commode et, l'usage britannique, c'est encore plus rigoureux que le règlement.

Si je tentais la roulette ? On prétend que la première fois, on gagne. Je glisse un bras entre deux épaules. Le 7. Je ne voulais mettre que la moitié de ma pile de jetons de cinq dollars mais ils ont tous glissé, entre mes trois doigts, et je n'ose pas en reprendre… J'ai à peine le temps de jeter un coup d'œil aux joueurs, autour de la table, un peu crispés. « — Sept, rouge, impair et gagne ! » répète le croupier à mon adresse sur un ton agacé. Je n'ai pas ramassé assez vite le tas de jetons qu'il a poussé vers moi, avec son petit rateau, en moins de temps qu'il n'en faut pour cligner des paupières. Trente-six fois la mise. *Well.*

Un quart d'heure plus tard, au Bar du Théâtre, devant un verre de Lagavulin, j'ai une idée. L'un des sommeliers du Princess Grill, Niels, est hollandais. Il est peut-être encore en train de compter ses bouteilles. J'aurai moins de chances qu'avec un Français ou un Américain mais davantage qu'avec un Anglais… Le règlement, *Sir*… Je sais, mais il s'agit d'un cas d'urgence… C'est dans un but thérapeutique… J'aurai l'air de chercher un certificat médical dans mes poches mais je n'y trouverai que des billets, comme Bart.

Une demi-heure plus tard, j'ai tiré un fauteuil à la poupe, sur le pont numéro un. Pas tout à fait au milieu parce que l'Union Jack me cacherait la vue du sillage. Les pieds sur le bastingage, un verre dans une main, la bouteille d'hermitage Monier de la Sizeranne dans l'autre, je m'arsouille en Milord. Quand je pense qu'il y a des gens qui vivent *au-dessous* de leurs moyens… Mais j'ironise au-dessus des miens. Je ne suis pas si doué pour la provocation. Le *blues* monte en moi au fur et à mesure que le niveau du nectar descend.

Tu aurais aimé cette croisière. Mais tu aurais trouvé ça un peu trop... Les gens t'auraient paru un peu trop, aussi. Tu te serais tenue avec juste ce qu'il faut de sentiment de n'être pas tout à fait à ta place pour t'attirer une légère condescendance des maîtres d'hôtel et la sympathie des femmes de chambre...

— C'est strictement, formellement interdit, Sir !

L'officier est venu de l'escalier jusqu'à moi à pas réguliers, rapides, en suivant une ligne droite impeccable.

— Votre conduite est dangereuse, criminelle.

Il m'a vu jeter ma bouteille à la mer. Je me penche sur le bastingage pour voir si, par hasard, je n'aurais pas assommé un cachalot.

— Vous êtes ivre, Sir !

— Yes, Sir !

— ... La pollution...

— Non, pas la pollution, non, Sir... C'était une bouteille d'hermitage ! J'en avais laissé un fond, pour les dauphins, les baleines... Et pour la déesse-mère. *La Pacha Mamma*...

— Je vois... fait-il en hochant la tête d'un air désabusé.

— J'en suis heureux, Sir... Il est vrai que je n'aurais peut-être pas dû lancer aussi le verre à pied... Mais je ne vois pas pourquoi la déesse-mère devrait boire à la bouteille...

— Le respect de la vie, commence-t-il...

— Oh !... La vie... « Un conte ! Dit par un idiot, plein de bruit et de fureur, et qui ne signifie rien »...

L'officier de marine britannique le plus sévère est susceptible de s'attendrir quand on lui cite Shakespeare. Celui-là qui est resté au garde-à-vous pendant toute la conversation se détend un peu. Il va jusqu'à sourire. Et même jusqu'à me poser une main sur l'épaule.

— Vous feriez bien de regagner votre cabine. *Good night, Sir.*

Qu'est-ce que vous pouvez faire à la poupe d'un paquebot, à minuit, par une nuit sans étoile, sinon pleurer ?

Au village

Nous avons besoin de rites. De cérémonies. De tenir un rôle. De jouer. Dès que nous nous interrogeons sur ce que nous sommes, nous jouons. Alors, autant bien jouer. Mieux cerner le rôle. Affiner le jeu. L'écrivain navajo Leslie Marmon Silko fait dire à un vieil homme-médecine : « A une époque, les cérémonies telles qu'on les avait toujours exécutées suffisaient pour le monde. Mais après l'arrivée des Blancs, les éléments de ce monde commencèrent à se transformer et il devint nécessaire de créer de nouvelles cérémonies... » Oui — appelons-les « Blancs » —, les Blancs sont arrivés. Créons de nouvelles cérémonies.

Il y a longtemps, très longtemps, que vous n'aviez pas assisté à une messe. Quand, au cours de la dernière décennie, vous avez dû vous prêter au simulacre, ce ne fut pas sans gêne. Vous n'avez pas la foi qui soulève les montagnes ou qui fait les papes heureux mais vous n'êtes pas sans espérance, en tout cas vous souhaitez vivement qu'il y ait de l'intelligence dans cet univers et même, si possible, de l'esprit. Quand un professeur au Collège de France vous affirme qu'il n'y a pas d'esprit, que tout est matière, vous ne sauriez adhérer totalement à ses propos. Certes, beaucoup de gens en manquent mais il est peut-être un peu abusif d'en conclure que l'esprit n'existe pas.

En fait, vous êtes très à cheval sur le respect du mystère, voire sur le protocole. La Vie, la Mort, Messieurs, chapeau bas ! Et il vous semble qu'à partir de trente ans, tout dîner devrait être un dîner de gala...

Vous avez besoin d'être heureux un moment. Heureux de ce qu'elle était, de tout ce monde qui l'aimait et qu'elle aimait, heureux avec elle encore...

Au restaurant, quarante personnes — les clans des deux côtés du Rhône — se resituent dans un arbre généalogique dont bien des rameaux ont été émondés. Souvenez-vous, c'était du temps de... Trente ans déjà ?

Quand vous aviez dix ans, à la fin des années cinquante, la Seconde Guerre mondiale vous paraissait aussi désuète que Jules César et Vercingétorix. Aujourd'hui, vous savez que c'était hier et, d'ailleurs, vous croisez tous les jours des dinosaures qu'on prétend disparus depuis des millions d'années.

Cent anecdotes drôles, tristes, émouvantes remontent des mémoires, que chacun lance à son tour, comme un caillou dans le grand fleuve de l'oubli. Surtout, il y a cette joie, surgie de la douleur même, d'être ensemble.

On évoque des souvenirs de fêtes à Notre-Dame d'Ay, à La Louvesc, à Saint-Julien Molin-Molette (enfant, vous pensiez qu'il s'agissait d'une comptine), au port de Champagne... Des pique-niques ratés, des pique-niques réussis. Votre mère avait fait ceci, avait dit cela. Qui avait glissé d'un muret dans le Rhône, en costume du dimanche, à Andance, sous le pont suspendu ? Votre frère ou vous ?

— Tu te souviens de ce jour où ton père et ton oncle avaient voulu prendre deux routes différentes, chacun persuadé que la sienne était la plus courte ? Nous devions déjeuner ensemble et nous ne nous sommes retrouvés qu'à la fin de la journée...

Il y a ce dimanche après-midi au bord du fleuve, on pêche, on court, on joue à la pétanque — les enfants avec des boules en bois... Votre grand-père s'est confectionné un chapeau de gendarme-1900 avec Le Réveil du Vivarais. Votre père, en raison de cette réunion de famille, a reporté d'une semaine son baptême de l'air. Le voisin, garagiste, insiste depuis longtemps pour l'emmener dans le petit zinc à quatre ailes qu'il pilote en as. Tenez, c'est lui, là-haut. Il fait des loopings au-dessus du Rhône, puis « la feuille morte » : il a coupé le moteur et descend lentement en spirale avant de le rallumer. « — Il descend bien bas... » dit votre mère. On entend distinctement le vrombissement du moteur qui redémarre. Mais trop tard, le biplan explose au contact de l'eau. Cent mètres et quelques secondes en aval, vous discernez les débris entraînés par le formidable courant. On démonte les cannes, on plie les sièges. Un beau dimanche pour la saison. Votre père ne prendra jamais l'avion.

Vingt ans après. Il a fini par se laisser convaincre qu'en hélicoptère, il se sentirait davantage en sécurité. Lors d'une réunion de maires dans la Drôme, il est prévu quelques vols au-dessus des collines, par groupe de six. Votre père est le sixième. Il reconnaît derrière lui un maire plus âgé et lui propose sa place, il prendra le tour suivant. L'hélicoptère décolle, s'élève à cinquante mètres et chute brusquement. Votre père ne prendra jamais non plus l'hélicoptère.

Les plus jeunes écoutent ces histoires comme on regarde des bandes d'actualités cinématographiques d'avant-guerre : intéressant, certes, mais tellement invraisemblable... Le grand drame — à retardement — de la jeunesse, c'est que le temps marche à son insu. Quand elle se retourne, il est passé. Tout ce qui la compose est passé — et il n'y a plus de jeunesse.

La nuit glaciale est bien avancée quand on se sépare. Mais le vin et l'alcool de l'affection entretiennent en vous un feu qui, pour le moment, tient l'hiver éloigné.

On promet de se revoir régulièrement. On se reverra. Au prochain enterrement...

A la maison, vous êtes encore sept. Votre père sort une bouteille de chartreuse verte, vous ouvrez le vieux buffet.

— Non, pas ces verres-là, fait-il.

— Ce sont ceux dont se servait Maman...

— Pas ces verres-là, voilà tout.

Tant pis, vous bouclerez la cérémonie avec des verres ordinaires, dont votre mère ne se servait jamais. Avec votre frère, votre fils et les saintes Marie — tandis que votre père commence à ranger, vous ne vous en rendez pas compte — vous parlez de filiation. C'est la première fois que vos enfants sont réunis sous ce toit, vous vous laissez peut-être abuser par l'impression de chaleur.

Marie vous appelle par votre prénom, Chris vous dit « P'pa. »..

— Tu m'appelles P'pa... En fait, tu ne m'appelles pas.

— J'adore ton sens de l'humour, P'pa. Et comment appelles-tu ton père ?

— P'pa...

Vous reprendriez bien un peu de chartreuse verte.

— Ça suffit, dit votre père... C'est pas un mariage, c'est un enterrement !

Ite missa est.

Vous n'êtes plus chez votre mère. Elle est morte et enterrée.

Il est seul. Il s'en sortira tout seul. Il s'en est toujours sorti tout seul. C'est la seule personne de votre connaissance à n'avoir apparemment pas besoin d'amis.

Vous ne lui répondrez que demain matin.

En attendant, vous retournez dans l'hiver avec la fin du cortège.

Vous prenez votre fille par les épaules. Écoute. Elle vous regarde avec les yeux de votre mère, intensément, sans rien dire. Elle se figure que tout le monde sait lire dans les yeux.

— Écoute... Tu sais que ma mère ne t'a jamais remise en question, toi. Elle s'est lamentée en secret du cours de l'Histoire, mais elle avait rêvé d'avoir une fille et elle a sûrement souffert de ne pas profiter de toi... Elle avait de l'intuition, je le sais, je ne crois pas avoir une seule fois réussi à la tromper. Mais son intuition, dans le cadre étroit de sa vie, n'a jamais fait qu'augmenter son angoisse... Il a été très tôt évident pour elle que je n'étais pas satisfait, que je ne le serais peut-être jamais. « — Tu ne seras jamais heureux », disait-elle. C'était l'expression d'une déception et d'un reproche à la fois. Comme si c'était un devoir. Comme si elle était heureuse... Son unique rencontre avec la femme libre et volontaire qu'était ta mère l'avait déjà blessée, sans autre raison que ces profondes raisons-là... Suffisamment pour qu'elle entrevoie la suite des événements, la refuse et se démette... J'ai été heureux souvent... Bon... je sais que tu sais tout ça...

Vous avez besoin de théoriser, de temps en temps, comme tous les inquiets. Marie appuie son front contre votre épaule. Mais c'est vrai, qu'on ne peut pas toujours parler qu'avec les yeux...

A Londres, à la fin de la première soirée avec sa petite-fille, Jeanne vous lance, avec une espèce de tendresse émue : « — Tu l'aimes, ta Marie, hein ? » Et, vous n'en doutez pas, cette phrase est un formidable passeport diplomatique. Une reconnaissance pudique.

Le dernier regard qui vous reste d'elle, la dernière photo de sa vie, c'est une image qu'elle a prise de la minuscule Lola, son arrière-petite-fille.

Ses derniers mots, avant que Mary la conduise en voiture à Douvres pour reprendre le ferry, sur le trottoir : « — Tu les amèneras au village... »

Vous les avez amenées. Dix jours plus tard.

A Douvres, Mary trouve qu'elle a l'air inquiet, peut-être tourmenté :

— Vous vous faites du souci ?... Vous vous demandez ce que les gens du village vont dire ?...

— Oh non, je ne m'en fais pas pour ça, répond-elle.... Je reconnaîtrai mes amis !

C'est pour votre mère une déclaration tout simplement héroïque.

En mer

Pont supérieur, quatre heures du matin, 56° de longitude, 36° de latitude, 46,4° Fahrenheit et seulement 8° Celsius. Je me suis relevé pour grignoter quelques biscuits de survie, à la suite d'un rêve inquiétant dans lequel j'étais seul, bien que le navire fût en train de sombrer, à vouloir monter dans un canot de sauvetage...

Je perçois un léger clapotis à mes pieds et mes chaussettes sont trempées. « — Nous coulons ! » Le commandant est en train de badiner sur la passerelle avec une charmante jeune femme (laquelle pousse à intervalle régulier un petit rire de gorge). « — Oh, ce n'est qu'une impression, répond-il sur un ton condescendant, sans tourner la tête (il continue à regarder Rire de Gorge dans les yeux), on dit tant de choses... — N'empêche que ça arrive : le Titanic, la Méduse, les galères et toutes ces amphores de vin romain qui donnent aux hommes-grenouilles l'ivresse des profon-

deurs !… Et vous aurez remarqué que les civilisations elles-mêmes coulent. Tout coule, non ? » Le commandant adresse un coup d'œil chargé de sous-entendus à Rire de Gorge. Toujours sans me regarder, il me lance : « — Écoutez, si vraiment vous y tenez, je vais vous faire descendre une embarcation… »

Je parcours au galop les coursives et les salons, je frappe aux portes des cabines. « — Nous coulons ! » Un vieux lord écossais aux moustaches en cornes de vache m'invite à entrer. « — Oui, bien sûr », fait-il, « mais je n'ai pas fini mon cigare… Prenez un siège et une boisson », ajoute-t-il en me désignant d'un mouvement de ses bacchantes une bouteille de pur malt des Highlands, plus qu'entamée. Je décline l'invitation. Il insiste. « — Alors, juste un petit, vite fait », dis-je. Je reprends ma course mais c'est en vain que je fais appel au bon sens des passagers.

J'embarque en solitaire dans mon canot. Les gens se pressent à bâbord, sur les différents ponts, et il me semble que la gîte du paquebot en est dangereusement accentuée, pour me lancer des quolibets à l'aide de porte-voix. Je m'éloigne à la godille, en hochant la tête : ces gens-là sont totalement inconscients. Dérivant lentement, je peux encore lire sur la poupe le nom du bateau : « Occident II »…

II ? Je me redresse brusquement, au risque de faire chavirer la chaloupe, et je me mets à crier en direction du navire, les mains en cornet autour de ma bouche : « — Et l'Occident I, hein ? qu'est-ce qu'il est devenu, hein ? hein ! » mais je suis déjà hors de portée de leurs oreilles.

Au bout de quelque temps, je commence à me sentir un peu seul. Ma ration d'eau douce est épuisée, je n'ai plus de biscuits de survie. Alors je me réveille pour prendre un chocolat Charbonnel & Walker, avec la permission de Sa Majesté, sur la table de nuit…

C'est la raison de ma présence sur le pont supérieur désert et glacé, au milieu de la nuit, au milieu de l'océan, au milieu de ma vie. A ce moment-là, j'ai *vu* ma mère manger un chocolat. Oui. Je t'ai vue manger ce chocolat. Le mouvement de ta bouche, lèvres fermées, et le petit sourire malicieux, complice, que tu m'adressais — l'exquis sentiment de culpabilité que la gourmandise donne aux chrétiens…

J'ai enfilé mon smoking sur mon pyjama. C'est le vent qui fume ma cigarette. J'arpente le plancher de teck. Si je marche vite, comme ça, vers l'avant, je file à combien de nœuds ?

J'imagine que, par une porte de fer qui grincerait en se refermant puis résonnerait longuement, Suzie pourrait soudain surgir du ventre du navire — on ne peut jamais être tranquille nulle part. En chemise de nuit sous son vison, elle se précipiterait sur moi avec son air irréductiblement gai. « — Oh, Jack ! Vous aussi, vous êtes insomniaque ! — Oui, c'est merveilleux ! » dirais-je. Après, je ne saurais plus quoi dire. Peut-être que je l'embrasserais. Je n'ai jamais embrassé d'Américaines. Il paraît qu'après le premier baiser, elles demandent tout de suite le divorce et une pension alimentaire.

Mais je ne croise qu'un matelot philippin, porteur d'un seau et d'un balai : — *Good morning, Sir.* Ma mémoire flottante laisse remonter, en exergue de la bise, un vers d'Aragon sur une musique de Léo Ferré. « Et les mornes matins en étaient différents »...

On ne peut pas imaginer la mort mais elle pénètre en nous par images, par surprise, comme de vieilles photos vaguement ridicules qui s'échapperaient d'un gros album jamais ouvert — notre propre histoire.

La nuit de l'Atlantique est déjà moins noire, la crête des vagues se dessine plus nettement. Il semble que les lumières du paquebot ont pâli. La perspective d'un café noir et d'un croissant tiède derrière mon hublot m'arrache aux embruns. Jane, la stewardesse, sans doute déjà au travail, aura refait mon lit. (Elle glisse, dans la fente entre la porte et la paroi de ma cabine, des petits bouts de papier qui en tombant dénoncent mes sorties.)

— Je l'ai *vue* manger un chocolat, dirai-je à Jane.

— Qui avez-vous vu manger un chocolat, Sir ?

— Ma mère.

— Votre mère... qui est morte, Sir ?

— Oui... Si vous fermiez les yeux quelques secondes, seriez-vous capable de voir votre mère manger un chocolat ?

Elle aura un sourire poli :

— J'avoue que je n'ai jamais regardé ma mère manger un chocolat, Sir.

— Vous *croyez* n'avoir jamais regardé votre mère manger un chocolat mais, un jour, vous serez en train de plier des draps, de marcher dans la rue ou d'attendre un autobus, vous verrez votre mère manger un chocolat.

— Vous avez sûrement raison, Sir, dira-t-elle... Hum... Souhaitez-vous encore un peu de café ?

Je souhaiterai.

Chatinais

Au réveil, vous avez constaté que de très vieilles cicatrices s'étaient rouvertes dans la nuit. A votre arrivée, votre père n'a rien dit. Vous l'avez coincé, un moment, dans ce couloir au bout duquel la chambre de votre mère est désormais vide.

Vous vouliez lui rappeler que sa spécialité, à lui, a toujours été de transformer les fêtes en enterrements...

Il s'efface. Rien ne l'atteint longtemps, rien ne le remet en cause. Il ne lui est même pas nécessaire de paraître cohérent. Il a sa cohérence interne, en acier trempé. Vous l'enviez. Vous le plaignez. Vous en souffrez. C'est la grande expérience, le grand désespoir de toute votre enfance, que la vie conspire autour de vous pour vous casser vos rêves, salir vos émotions, ridiculiser vos enthousiasmes. Il faut beaucoup d'orgueil, d'humilité, et d'orgueil encore pour revendiquer, passé quarante ans, d'être naïf. C'est-à-dire encore en état de naissance. Oui, vous prétendez être toujours à naître. Naturellement, tous ceux qui, autour de vous, ne sont pas nés de la dernière pluie, ceux à qui on ne la fait pas, ceux *qui ne se racontent pas d'histoires*, rigolent doucement. Laissez-les rire. Vous aurez moins de mauvaises surprises qu'eux.

Vous retrouvez votre frère au bar du restaurant de la veille, il y avait oublié son sac. Votre grand petit frère, au gabarit imposant, dont la placidité en impose davantage que l'agressivité chez d'autres. Il y a quelques années, à Paris, dans un bistrot, un ivrogne rugby-maniaque de petite taille vous avait demandé si vous étiez les frères Spanghero. Vous passiez pour le cadet. Le grand Indien sombre n'a encore presque rien dit. Il est profondément atteint mais les gens qui ne le connaissent pas pourraient le croire indifférent. Il ne semble pas s'être défait de son armure — qu'il s'est forgé depuis l'enfance, contre quoi ? — mais vous savez qu'il est nu. La patronne vous offre un verre au comptoir. Elle se souvient de ses amis de jeunesse (vous avez émigré depuis plus longtemps que lui) :

— Je les revois tous, dit-elle. Appuyés à ce comptoir... Ils ne viennent plus que rarement... Ils sont tous mariés.

Votre frère finit son 51.

— Vous nous remettez ça et vous prenez quelque chose ? fait-il... Oui... Oui... D'abord, on s'appuie sur les comptoirs, ensuite, on s'appuie sur les femmes...

Au retour, vous vous arrêtez à l'école de garçons, aujourd'hui désaffectée. Vous faites le tour du préau. Les platanes de la cour, outrageusement taillés, brandissent vers le ciel des moignons noueux. Jadis, des volées de moineaux y tenaient des conférences bavardes et gaies. On les confondait parfois avec les écoliers qui s'égayaient eux aussi, à heure fixe. Votre mère, qui a habité trente ans au-dessus des classes, a toujours connu tous les élèves par leur nom. Comme elle s'occupait de la mutuelle agricole, elle savait également les noms de leurs parents, grands-parents, ainsi que leur date de naissance.

Dans l'après-midi, vous « montez » à Chatinais. Tous, sauf votre père qui dit être trop mal — il passera les trois quarts de sa nuit à chercher la carte d'identité de votre mère, à inventorier des archives, des bricoles, de minces trésors (parmi lesquels vos livres d'enfant et vos jouets). Sa consolation à lui, ce sont les choses. Petites choses. Il vous donnera plus volontiers de l'argent qu'un vieux livre qui évoque pour vous des heures magiques, rien pour lui, mais il a manqué de pacotille dans sa jeunesse, quand il courait pieds nus, l'été, sur les galets des bords du Rhône. Alors il entasse. Tout sera pour vous, dit-il, quand je serai mort. Vous hériteriez de la poussière. Mais il n'a pas bien compris que la mort n'a rien à voir avec l'avancement à l'ancienneté.

A Chatinais, il y a du feu dans la cheminée. Dans la maison des arrière-grands-parents maternels dont votre oncle Albert a fait un hôtel cinq étoiles, un refuge de montagne, un palais, un foyer. A Chatinais, pour vous, c'est toujours un peu Noël. A Chatinais, tout le monde est un peu naïf.

Vous avez quatre cousines ici, toutes mères de plusieurs enfants, qui n'ont changé depuis les étés de votre jeunesse ni de registre, ni de rôle — elles jouent à la perfection cette histoire de famille. Votre mère disait : « mes nièces ». Elle mettait dans ces deux mots beaucoup de tendresse et une certaine fierté. Tout le monde n'a pas quatre nièces, surtout de cette farine-là. On n'en fait plus de pareilles. Ce sont des nièces d'avant-guerre.

Elles auraient pu être cinq. Une Marie de plus. Mais la seconde qui était née à Noël, Marie-Noëlle, n'est restée que quelques jours. C'est votre mère qui, penchée sur son berceau, s'est aperçue qu'elle ne respirait plus. Votre mère était enceinte de vous, à ce moment-là, et vous attendait pour le début de l'année suivante. Vous êtes venu tout de suite. Sans doute dans le désir de vous rendre compte par vous-même de ce qui se passait. (Votre père ferait remarquer que c'est la seule fois de votre vie où vous avez été en avance.)

Dany, l'aînée, la bonne, la droite, la *confiante*, ne comprend pas le mal. Elle s'en excuserait presque. Toutes ses finesses sont au service de sa générosité, elle trouverait des circonstances atténuantes au Démon en personne. Le soir de ses fiançailles, la Dauphine de l'élu a fait une embardée dans un virage et quitté la route pour rebondir dans un champ. Trois tonneaux. Elle le raconte en riant, en s'appuyant d'une main sur votre bras. Elle n'a pas eu peur. Elle s'est dit que ça y était, que les portes du paradis allaient s'ouvrir, ouvrez mon Dieu, nous arrivons... Puis ils sont sortis tous les deux de la voiture, sans une égratignure. Elle avait seulement perdu ses chaussures.

Elle a dû les remettre. Elle les supporte vaillamment depuis bientôt trente ans.

Vous vous prenez à regarder évoluer votre fille avec étonnement. Elle semble être là depuis plusieurs générations. Tout le monde paraît l'avoir toujours connue. Votre tante sort d'un tiroir des photos qui circulent de mains en mains et déclenchent des exclamations de surprise. Marie, c'est Jeanne à vingt ans. Sur certaines qui laissent les costumes dans l'ombre, on s'y tromperait. A la dernière photo, les exclamations redoublent. Fais voir ! On examine Lola, on compare, on conclut : Lola, c'est vous à six mois... C'est vrai que votre mère l'avait dit, à Londres, en la photographiant. Alors, cette photo, qui représente votre mère — votre fille ? — assise sur un mur devant un vieux landau, suspendu sur des ressorts à lames, dans lequel trône la petite Lola coiffée de votre bonnet de laine tricoté au crochet... vous donne un peu le vertige.

C'est à Chatinais aussi que l'on mesure l'ampleur du désastre. La part du vide.

Vous allez dormir dans une chambre qui fut jadis le premier étage d'une grange. Votre oncle se souvient d'y avoir fabriqué, avec un landau encore plus ancien, une balançoire pour sa jeune sœur.

Le lendemain, au petit déjeuner dans la cuisine, devant la cheminée ancestrale, votre frère a paru s'immobiliser devant son bol de café. On dirait que tout est suspendu en lui et qu'il ne tient qu'à la petite cuillère sur laquelle il a posé la main. Vous cherchez son regard. Mais ce qu'il voit sur le plateau de châtaigner de la table n'est pas de cette dimension. Et, soudain, silencieusement, il se met à pleurer. Il pleure très longtemps ainsi, sans bouger, sans essuyer ses larmes. Tout le monde s'est tu. Les enfants les plus jeunes se sont interrompus aussi et le regardent pleurer en silence. Il pleure. Une grande marée de souffrance limpide qui le déborde. Votre tante, derrière lui, pose une main sur son épaule, comme elle l'a fait pour vous la veille, à l'église. Il pleure. Une éternité, quarante ans de larmes.

L'été dernier, au détour imprévu d'une existence qu'il pensait définitivemment réglée, il a rencontré le bonheur, auquel il ne croyait pas. Le bonheur, une jeune femme blonde au regard clair, vif, avide, crut tout de suite en lui. Il dut reconnaître son existence mais il s'obstina à penser que ce n'était pas pour lui. Il eut peur, peut-être. Elle était trop jeune, trop brillante, trop pleine de vie... Il entreprit de la convaincre qu'elle ne pouvait pas l'aimer, ne réussissant qu'à accumuler les preuves de sa gentillesse et de son humour, et elle l'aima davantage. Il était sans doute sur le point de se faire une raison et de laisser le bonheur entrer dans sa vie, lorsque la jeune femme — Marie était son nom — lui donna la soirée pour réfléchir, elle rappellerait vers minuit pour l'entendre dire « oui ». Mais il ne sait pas vraiment ce qu'il lui aurait répondu si elle avait rappelé. Elle ne rappellera jamais. Elle a rencontré la mort, ce soir-là, sur une petite route à travers le bocage. Et il est veuf de cet amour miraculeux qu'il n'avait pas encore trouvé le courage de raconter à sa mère. Qu'il ne lui racontera jamais.

Quand il a achevé de vider en silence le trop plein de sa souffrance, la maison se remet à bourdonner, les abeilles de Chatinais se précipitent pour faire du miel de toutes choses. Il a le pâle sourire d'un grand malade qui bénéficie d'une légère rémission.

Vous lui dites qu'il s'est mis à neiger et que, tout à l'heure, vous pourriez peut-être monter au Pas du Loup.

En mer

Au hasard d'un des nombreux salons qui jalonnent ce navire, je tombe sur ma vieille amie milliardaire, à l'heure du thé. Elle déguste des petits gâteaux de toutes les couleurs en compagnie de l'aumônier de l'Occident II, un petit homme en costume noir, col et cheveux blancs, au regard bleu pâle, à la voix douce. Un de ces hommes calmes et affables qui semblent n'avoir pas cessé de diminuer au cours de leur vie, par pure courtoisie, pour tenir moins de place. Ils m'invitent à me joindre à eux. Le prêtre est un missionnaire irlandais à la retraite, un ancien père blanc. Ma Lady tient à ce que je l'appelle Barbara et m'oblige à ingurgiter un gâteau rose, puis un vert. Elle me confie que le père n'a pas été nommé sur ce bateau par complaisance de son évêque mais parce qu'il est aristocrate et connaît les bonnes manières.

— C'est nécessaire avec tous ces snobs, ajoute-t-elle en baissant la voix. La moitié des passagers sont snobs et l'autre moitié voudraient l'être...

Je demande innocemment s'il est plus facile d'être un bon chrétien quand on est pauvre ou quand on est riche...

Une ombre de sourire passe dans les yeux du missionnaire :

— Il est toujours difficile d'être un bon chrétien.

— Appelons ça de la diplomatie, dit Barbara.

Elle s'est saisie délicatement, avec deux doigts, d'une petite pâtisserie mauve. Avant de la porter à sa bouche, elle me regarde avec l'air de quelqu'un qui sait :

— C'est beaucoup plus facile quand on est pauvre, naturellement !

Lorsque le prêtre prend congé, j'en profite pour me lever à mon tour.

— Vous verrai-je à la messe ?

Barbara répond à ma place :

— Voyons, père... Nous ne sommes pas encore en train de couler, que je sache.

Il me semble, mais j'hésite à le croire, qu'elle vient de me faire un clin d'œil. Elle me lance, au moment où je m'éloigne :

— Vous n'avez pas oublié, j'espère. Le sept, la chaloupe numéro sept...

En attendant le naufrage, je fais un détour par ma propre chapelle. En mer, le temps passe différemment. Celui de cette croisière s'écoule entre parenthèses, comme par une fenêtre ouverte...

Tu revenais de la première messe, l'hiver, endimanchée sans en avoir l'air — car tu avais jusqu'au bout le sens de la tenue. Tu posais sur la table de la cuisine les croissants frais et le pain de mie. Avant de quitter ton manteau, tu te frottais les mains. « — Il ne fait pas chaud, les enfants ! » Mon frère et moi, nous sautions de nos lits tièdes pour venir t'embrasser. Tes joues étaient fraîches. Il faisait peut-être un grand soleil d'hiver, ce dimanche-là de ma mémoire. Je vois de la lumière. La lumière fine, cristalline, des beaux jours de janvier qui rendent justice aux horizons bien mieux que tous les feux de l'été. Et puis, le soleil d'hiver, c'est toujours un soleil du dimanche.

A dix ans, l'espérance est un pain quotidien, on croit que les petits déjeuners sont éternels. Notre père, levé encore plus tôt que toi, avait dû passer à la mairie ; maintenant, au Café de la Place, avec l'un de ces stylo-billes à encre bleue, au corps translucide, qui ne le quittaient jamais, il traçait des chiffres extraordinairement réguliers dans les marges d'un journal. Il « faisait ses jeux » (2 : Belle de Mai, 11 : Grand Moghol...) méthodiquement. Je serai naturellement un peu en retard à la messe de dix heures. L'air froid me mettra le rouge aux joues et le sermon interminable m'ouvrira l'appétit. Le déjeuner sera sacré, fastueux, cuisiné au beurre. Mais je ne cesserai de guetter l'humeur paternelle. Et l'espérance, qui n'est pas de l'après-midi, s'évanouira rapidement avec le déclin du jour ; j'entreverrai alors l'entrée de cet interminable tunnel : une semaine au pensionnat...

Mais aujourd'hui, je m'arrête là, au moment où tu apportes, dans la salle à manger, la vieille cocotte en fonte dont tu soulèves le couvercle sur un poulet aux écrevisses. « — Attention, c'est chaud ! » Il y a des choses qui vous feraient croire à l'éternité : je n'ai pas tout à fait fini ma part. « C'est encore meilleur réchauffé »... Mais la Mère Nostalgie — qui réchauffe les plats d'antan dans les vieilles cocottes noircies — est une aubergiste diabolique. Elle vous repasse le meilleur poulet aux écrevisses du monde, vous salivez mais, si vous n'y preniez garde, c'est elle qui finirait par vous digérer tout entier...

Tu n'allais plus régulièrement à la messe, ces dernières années. Seulement pour les grandes occasions, les fêtes, les enterrements... Plus on vieillit, plus on connaît de morts. C'est la moindre des choses de faire encore quelques pas avec eux... « Maintenant et à l'heure de notre mort, ainsi soit-il ». Il y a aussi les cadeaux pour les naissances, les mariages — tu te serais crue déshonorée d'en manquer un seul. Et comme tu n'aurais pas supporté non plus d'offrir n'importe quoi, tu devais souvent en minorer le prix — pour mon père qui, n'ayant pas appris à recevoir dans son enfance, n'a jamais bien su se laisser aller au plaisir d'offrir.

Tu savais tenir ta place et, dans le village, on t'accordait naturellement le statut de « personne distinguée ». C'est par la religion que tu avais accédé dans ta jeunesse à une sorte de petite et modeste bourgeoisie. A l'Institut Notre-Dame, chez les Ursulines, jusqu'au brevet. Après quoi, tu avais suivi les cours d'une école commerciale où l'on apprenait la sténographie. Ton grand-père paternel, paysan propriétaire que des envieux moins bien lotis appelaient le seigneur de Chatinais, avait épousé une institutrice privée qui, aux dires de sa bru, ta mère, Louise, avait mangé toute la propriété. Il en resta cependant quelques hectares sur lesquels Louise imposa sa souveraineté. Cette petite bonne femme aux yeux de chouette en remontrait à de solides gaillards, taillés dans la lave descendue des volcans d'Auvergne, qui se tenaient chapeau bas devant elle. Et il fallait la voir, à quatre-vingts ans passés, goûter les produits aux étals des marchés, en marchander les prix avec une autorité qui poussaient des camelots, réputés avoir la langue bien pendue, à douter de leurs propres radis. La reine Victoria de Chatinais.

Ton père, Jean-Marie, qui souriait avec les mêmes yeux que toi, bleu-vert-gris, lui avait abandonné le gouvernement dès la fin de la Grande Guerre — dont il était revenu avec des bronches fragiles, un début de surdité et la conviction profonde que, décidément, il avait horreur de se battre. Sa vision du monde et de ses habitants, qu'il faisait partager avec bonhomie à qui le souhaitait, mais toujours après les événements, n'était pas sans finesse, ni sans malice.

Louise avait le sens de l'État, une grande générosité. Parfois compliquée par le fait qu'elle comptait toujours à l'ancienne : au retour des « commissions », je bénéficiais d'importantes ristournes mais seulement après lui avoir rendu compte au centime près, qu'elle appelait franc. Elle soupçonnait, non sans raison, l'épicier de la rouler et j'ai plusieurs fois fait l'appoint sur mes propres fonds pour éviter d'avoir à retourner à l'épicerie. Ces qualités s'exerçaient exclusivement pour le Bien de la Famille, dans l'enceinte sacrée du territoire familial — dont le tracé des frontières, rigoureux, maintenait son gendre et sa belle-fille à l'extérieur. Et, en matière de politique étrangère, elle pouvait se montrer très injuste.

J'aimais Louise. Il faut dire que j'étais son protégé. En tant que premier petit-fils, j'avais tout de suite été admis à remplacer ses deux fils morts, l'un à sept ans, l'autre à vingt-trois. Dans les bons jours, je comptais donc pour trois. Elle qui, en mère souveraine (comme il y a des pères souverains), contenait sa progéniture directe dans un statut d'enfant, ne semblait pas s'être aperçue que j'avais seulement dix ans et me parlait comme à une grande personne. Ses injustices me gênaient affreusement, ses marchandages peut-être davantage encore. (Je n'ai jamais su marchander — et, moins j'ai d'argent, plus je donne de pourboires.) Mais je l'aimais. Tout ce que je sais de l'âpreté charnelle de la vie, je le tiens d'elle.

Je sais que tu as beaucoup souffert par elle, au cours de ses dernières années, d'une souffrance dont tu ne t'es jamais vraiment remise. Les gens de pouvoir survivent mal à la perte de leur pouvoir. Elle avait encore trop d'énergie pour ses quatre-vingt quatorze ans et le déclin de ses facultés. Sa vue s'était brouillée. Le monde, qu'elle ne discernait plus qu'imparfaitement, s'était ligué contre la reine, il n'y avait plus que des ombres menaçantes autour d'elle. Ses enfants morts étaient désormais les seuls en qui elle pût avoir confiance. Elle ne supportait plus aucun endroit et, d'ailleurs, on ne voulait plus d'elle nulle part. Elle avait déjà révolutionné plusieurs hôpitaux et maisons de santé quand je l'ai vue pour la dernière fois.

J'avais quitté le royaume juste avant le début de la décadence. Je faisais ma vie. Je courais à Paris les bals de la presse et du spectacle. Je faisais et refaisais déjà ma vie, pour être exact. A ton grand désespoir. J'étais en instance de divorce et une blonde vénitienne, presque une rousse, venait de me confisquer la totalité de ma vie intérieure, d'un seul regard. J'avais mon premier ulcère à l'estomac : le bonheur m'angoisse, je me suis toujours efforcé de lui trouver des dérivatifs.

Nous sommes allés tous les deux dans cette

maison qui puait la mort, la mort qui traîne, la pire des morts qui vous force à rendre tout, la mémoire, la marche, les sphincters, avant de vous reprendre le souffle, la mort d'épuisement qu'on dit « de vieillesse ». (Une demi-douzaine de vieilles s'y préparaient à mourir au lit, parmi les gémissements, au milieu d'un ballet de mouches bleues, en uniforme de drap, qu'on appelait encore « bonnes sœurs » mais qui n'étaient plus que des aides-mourantes, que le désespoir et l'exaspération rendaient acariâtres et qui pensaient peut-être que ces futures mortes sans dignité insultaient leur Dieu.) Dès qu'elle t'a devinée, Louise — qui balançait son regard de gauche à droite, un peu au-dessus de nos têtes, a crié :

— Emmène-moi, Jeanne, emmène-moi, je ne peux pas rester ici, c'est plein d'imbéciles et de *malades* !

Tu semblais porter sur tes épaules le poids de l'univers au carré :

— D'accord, Maman, je vais te ramener à la maison, mais il va falloir que tu sois raisonnable...

— Chez toi, ah non, merci, il n'est pas question que j'aille chez toi.

— Mais, maman...

— Est-ce que tu peux dire à cette garce d'ouvrir la fenêtre, on étouffe ici et il y a plein de microbes, elle n'arrête pas de la refermer, exprès !

La garce en question était une bonne sœur en chef qui se trouvait à trois mètres. Tu étais allée lui parler et Louise se calmait un peu. Elle m'appelait Dédou, Albert, j'étais en ambassade pour plusieurs générations. Puis, soudain, elle s'est redressée avec une vigueur de jeune fille, s'est agrippée à mon bras, elle a poussé un cri, ses yeux opaques et mouvants scrutaient le plafond, comme si elle venait de voir quelque chose. Elle a tiré sur mon bras :

— Je vais mourir, mon petit, je vais mourir !

Je me suis montré d'une très grande lâcheté :

— Mais non, Grand-mère, tu dois te reposer, ça va aller mieux...

Je regagnai Paris le soir-même ; j'en revins trois jours plus tard pour son enterrement.

Je ne t'avais jamais raconté ça. Je l'ai fait quelques mois avant ta propre mort. Tu en avais été très remuée. « — Tu es sûr qu'elle avait dit ça ? » Des larmes t'étaient venues et tu étais restée songeuse toute la matinée.

Louise est revenue dans ma vie, ces dernières années. Louise, l'orpheline élevée par une intransigeante grand-mère, lingère de maison — « dans une bonne famille » : on apprend les manières où on peut... Louise qui, les grandes années, avait une orange pour Noël et se souvenait d'avoir une fois trouvé dans son soulier les débris d'une tasse qu'elle avait cassée.

Une nuit, Mary m'a demandé à qui je parlais. Je me suis réveillé en lui répondant : « — A ma grand-mère ». Je n'ai pas réussi à me souvenir de ce que je lui disais. Peut-être que je lui répondais enfin : « — Oui, je sais, Grand-mère. Tu vas mourir. Laisse tomber le gouvernement. De toute façon, tu ne te sens plus bien ici. Il faut que tu fasses la paix, Grand-mère. Il va falloir que j'apprenne à faire la paix, moi aussi. Apprends-moi encore ça... »

Dix ans plus tôt, ton père, Jean-Marie, était parti à la manière dont il avait organisé sa vie, en dérangeant le moins possible — peut-être pour ne pas être trop dérangé non plus. On ne pouvait même pas dire qu'il s'était absenté : il n'était plus tellement là. On finissait par l'oublier dans un coin et on était tout surpris de l'entendre faire, de temps à autre, une remarque pertinente. Il avait gémi un peu puis avait tranquillement cessé de respirer. Il ne pesait plus rien, comme si tout son poids avait consisté dans le sourire aimable et malicieux qui s'était éteint.

De lui, je tiens toutes sortes de trésors inutiles, la senteur des herbes sauvages, quelques noms de fleurs, d'oiseaux et d'étoiles, l'apaisement des collines qui moutonnent sous le soleil ou dans la brume, l'amitié des grands sapins, l'importance de la présence de jeunes et jolies bergères dans le paysage (même quand on est trop vieux pour qu'elles vous mènent aux champs, même si on l'a toujours été), la courtoisie, un brin de malice... J'ai des raisons de penser qu'il a d'abord exagéré sa surdité, par commodité, et qu'il a fini par devenir complètement sourd par habitude. Quand je l'avais accompagné à la messe, il me tendait une pièce jaune en croyant chuchoter : « — Pour la quête. » Toute l'église se retournait...

Le 12 avril 1914, dimanche de Pâques — quelques mois avant de retourner sous l'uniforme — il mentionne dans son agenda une longue promenade avec Louise, à bicyclette. « Avons dîné, note-t-il de sa fine écriture, dans un café où la petite bonne faisait rudement sa sucrée... »

Le 28 septembre 1917, il reçoit au front une lettre datée du 10, dont l'auteur est décédé le 14 : « Cher Jean-Marie, je prends la plume pour t'écrire ces quelques mots pour te dire que ma santé elle est environ comme tu m'as laissé et presque moins. Ta mère elle voudrait être secondée elle porte un peu peine de l'avenir elle est bien fatiguée les soirs de ses jambes... Ton père qui pense à toi que ce malheur nous tient éloigné. »

En vertu de lois génétiques que Mary m'a patiemment expliquées, j'ai transmis tes yeux, ceux de ton père, ni gris ni verts ni bleus, à Marie. Tu étais fière de tes yeux. Tu avais une façon de les faire briller brusquement, en ouvrant grand les paupières, que tu appelais « faire tes yeux de panthère ». C'était censé nous faire peur, à mon frère et moi... « — Fais encore tes yeux de panthère, M'man ! »

A Groix, Angèle Le Beherec qui était une sorte de mouette rieuse — dont l'accent groisillon, traînant, roulant, chantant, accentuait le côté tragicomique de toutes choses — était fascinée par tes yeux. Elle te disait : « — Vous avez de ces yeux, de ces yeux ! Ma pauvre enfant ! Vous avez des yeux... » Elle cherchait un temps une image plus sobre et finissait par lâcher en s'esclaffant, comme si elle risquait de s'étouffer en le gardant trop longtemps : « Des yeux... A faire péter les boutons de braguette ! »

Tu t'en souvenais et cela te faisait rire. Pourtant, tu étais plutôt prude. Non, ne te fâche pas, le mot te déplaît mais tu étais un peu prude, c'est vrai. Et ça n'a pas d'importance.

(J'ai gardé pour moi les yeux de mon père, de la même couleur que ceux de Louise. Je ne suis pas jaloux. Ça ne m'irait pas de toute façon. Je suis davantage hibou que félin. Je suis plus prude qu'on ne le croit aussi, et ça n'a pas davantage d'importance.)

Chatinais

Avec votre frère, deux de vos cousines, les Marie et votre tante Odile, vous êtes partis dans la neige qui déjà dissimule à certains endroits le tracé de la route, en direction du Pas du Loup. Le paysage — entrelacs de vallées, qu'on devine, et de monts, qui semblent se serrer les uns contre les autres pour décourager le touriste — est étrangement silencieux, magnétique. On ne perçoit que les craquements feutrés de vos pas. Un kilomètre plus haut, la route s'arrête. La colline, qui fait au Montmiandon comme une marche, s'efface, plonge doucement sur un petit vallon. Vous empruntez le chemin de pierres qui le suit avant de se perdre dans les bois des hauteurs. Derrière vous, loin vers l'est, par temps clair on peut apercevoir les Alpes et leurs neiges éternelles mais, ici, vous êtes au pied du grand sommet de votre enfance, l'immense, le majestueux — un peu rond peut-être — Montmiandon. Six cent quatre-vingts mètres. Il y a longtemps, très longtemps, c'était une toute jeune montagne. Une aiguille, peut-être. Le Temps, qui a tout le temps, a fini par l'user presque entièrement, comme une pierre de meule. Du hameau, on croirait que l'escalade est rude mais le Montmiandon se dérobe à mesure que vous l'escaladez, il se déroule quasiment sous vos pas. Si vous poursuivez de l'autre côté, vous rejoignez le plateau où, l'hiver, la féroce burle vous transforme en statue de glace. La burle, c'est le vent du Nord d'ici. On prétend que, lorsqu'elle souffle, elle dresse en quelques secondes devant vous des congères infranchissables.

La burle ne descend pas jusqu'au village, elle s'arrête au Pas du Loup, ce versant de roches où s'agrippent des genêts, des pins pignon et des châtaigners. Plus bas, elle redevient un vent du Nord ordinaire.

L'été, le vallon sent la menthe sauvage et le serpolet. Avec les pommes de pin, les « babets », votre grand-mère allumait ses poêles et son fourneau. La soupe de châtaignes au lait a permis à l'Ardèche de survivre aux grandes famines. Sans la châtaigne, il n'y aurait plus d'Ardéchois. Il est vrai que l'Ardèche n'a jamais roulé sur l'or. Et, entre la période des peintres de la Combe-d'Arc et le renouveau du mythe du retour à la terre qui séduisit, au début des années soixante-dix, de jeunes artistes installés sous les toits de Paris, son rayonnement culturel demeura modeste. Stéphane

Mallarmé, qui fut professeur d'anglais dans un de ses lycées, l'écrivait « Art-Dèche ».

On sait qu'Alphonse Daudet avait épousé une Ardéchoise et certains docteurs de l'université ont cru reconnaître, dans l'histoire de la chèvre de Monsieur Seguin, un décor typiquement ardéchois. S'ils connaissaient le Pas du Loup, ils ne chercheraient plus. C'est Ici. C'est au Pas du Loup que la petite chèvre s'est battue courageusement toute la nuit et qu'au matin le loup l'a mangée.

L'hiver 1884 — votre grand-père maternel avait quatre ans —, le père Grimace, un paysan qui occupait une petite ferme au pied du Montmiandon, jura avoir aperçu de loin à cet endroit un énorme loup. L'animal, que la faim poussait peut-être hors de la forêt, se serait engagé dans le vallon enneigé. Au bout d'une centaine de mètres, il aurait stoppé, hésitant, puis serait revenu à la limite des sapins, à la frontière entre deux mondes, où il serait demeuré longtemps immobile, tourné vers la vallée. Toute la nuit, on l'aurait entendu « hurler à la mort ».

C'est là que vous vous trouvez. C'était le but de promenade favori de votre mère, quand elle se rendait à Chatinais. (Elle y montait avec votre tante qui, à plus de soixante-dix ans, caracole aujourd'hui à travers les genêts poudrés — elle est née sous le signe du capricorne.) A cet endroit mystérieux, envoûtant, que la burle n'ose pas franchir et dont vous allez désormais partager la propriété, si l'on peut posséder de tels lieux, avec votre oncle et votre frère. Au Pas du Loup. En ce début de deuil, sur ce passage entre deux mondes où vous venez juste de poser le pied.

En mer

On s'habitue à tout. Au roulis, à la tempête, au calme plat, au bonheur, au malheur, aux rhumatismes. Le temps nous console de tout et, lorsque nous en prenons conscience, cette consolation même nous plonge dans une sorte de tristesse vague, grise, à peine amère — qui est une forme dégradée du désespoir, la pire peut-être, celle qui se refuse absolument à dire son nom. Car le désespoir qui dit son nom dit en même temps le noyau d'espoir qu'il renferme, sa négation, la pierre philosophale de sa métamorphose — comme un appel, comme un aveu.

Donc je me suis habitué au balancement et aux vingt-huit nœuds de la croisière et, ce matin, je suis réveillé par un sentiment d'immobilité. Je me précipite au hublot que des chiffons à poussière usagés, d'un côté, et les embruns, de l'autre, ont passablement rayé et encrassé. Difficile à décider. On avance ou on n'avance pas ? On avance très lentement, peut-être. Les creux de l'Atlantique ne me sont d'aucun secours : on sait que l'océan paraît se mouvoir, par vagues, mais que les molécules d'eau qui le composent demeurent sensiblement à leur place... Je regarde la mer, je regarde dans la cabine, je regarde en moi. Et puis, au bout d'un moment, je sais : nous avons stoppé. Il me faut quelques secondes encore pour comprendre d'où me vient cette certitude. C'est que nous faisons désormais machine arrière. Quelle raison pourrait bien avoir un transatlantique de s'arrêter puis de reculer, en plein milieu de l'océan ? Un sous-marin russe demeuré sans instructions depuis la fin de l'empire soviétique et dont le commandant se demanderait si la guerre est commencée ? Je branche le récepteur de télévision de ma cabine sur les images de la proue. Trois hommes d'équipage s'affairent autour d'énormes chaînes d'ancres et se penchent au-dessus du bastingage. Nous aurions touché le fond ? Au milieu de l'Atlantique ? L'expression « toucher le fond » me laisse rêveur.

Je sors, je m'adresse à Jane, à un passager. Ils ne savent rien, ne se sont aperçus de rien. L'occupant de la cabine voisine prétend qu'il a l'habitude des traversées et — avec l'aplomb des spécialistes — m'assure que jamais, au grand jamais, nous n'avons stoppé. Or, retourné à mon hublot, il me semble désormais que nous repartons de l'avant et cette impression est pour moi la preuve indubitable que nous nous sommes effectivement arrêtés et que nous avons reculé devant je ne sais quel danger ou quel mirage.

En cette fin de matinée, je suis justement invité à me présenter au carré pour une visite de la Passerelle, le saint des saints, le point de vue élevé d'où le dieu à cinq barrettes perçoit ce monde flottant et le dirige. La visite, précise le bristol, sera suivie d'un pot amical dans les appartements du Commandant. Nul doute que je serai alors éclairé.

J'ai la surprise de me retrouver en compagnie d'une demi-douzaine de journalistes, anglais et américains, dont je n'avais pas soupçonné la présence à bord.

Trois officiers nous présentent les instruments de navigation. « — La barre ! », fait l'un d'eux avec un rien d'emphase, en désignant du doigt une tige d'acier de dix centimètres, terminée par une petite boule en ébonite. Mes confrères ne trouvent pas de mot pour exprimer leur émerveillement.

— *Incredible !* dis-je à tout hasard quand l'officier en second m'interroge du regard.

L'ordinateur de bord reçoit ses informations par satellite. Le pilote pianote sur le clavier.

— Voyez cet écho sur le radar, dit-il. Probablement un cargo de fort tonnage. Je pointe sa position, sa direction et sa vitesse s'affichent sur l'écran. J'appuie sur cette touche. Voilà : ce cargo croisera notre sillage dans douze heures. Nous serons passés depuis une heure et trente-six minutes...

— Si on ne s'arrête plus...

Le second ne me laisse pas continuer :

— Sur l'arrêt de ce matin, le *Captain Master* souhaite vous informer personnellement, tranche-t-il. Si vous voulez bien me suivre...

Je m'efface devant la porte étroite et chacun de mes confrères, en passant devant moi, me gratifie d'un coup d'œil de désapprobation, comme si je m'étais montré coupable d'une grande inconvenance. La dernière personne à passer devant moi est une grande femme aux cheveux blond platine ; ses lèvres sont rose nacré et son pull over de laine angora, jaune, est tendu à l'extrême par des seins volumineux comme un spinnaker par vent arrière. Elle a l'air de me prendre pour le petit mousse.

Le Commandant nous reçoit dans ses appartements, en compagnie de son épouse. On sert le champagne — qui semble être à bord un ersatz d'eau courante. Nous avons effectivement dû stopper ce matin (en vitesse de croisière, le navire met plus de deux minutes, sur près d'un mille marin, pour s'arrêter). Un incident regrettable. Le troisième de ce type en vingt-cinq de navigation. Une baleine...

— Ah !

Spinnaker est sur le point de défaillir.

— Oh, très probablement morte, insiste le *Captain Master*, gravement malade en tout cas.

L'Occident II a fait machine arrière pour

décrocher cette masse de chair échouée sur son étrave concave. Et, maintenant, ce qui fut une montagne de vie plonge lentement vers les grands fonds du silence et de l'oubli, verts, noirs, glacés. L'océan tout entier vient de s'engouffrer dans ma tête, par une voie d'eau, une voie d'âme, et des troupeaux de baleines y modulent des chants plaintifs. La mort, insondable. J'ai dû pâlir et vider ma coupe un peu trop vite. Spinnaker a noté que je suis un petit mousse émotif, ému par les grosses baleines...

— C'est vraiment... vraiment triste, fait-elle en me destinant un sourire d'agonie.

Au déjeuner, c'est moi, pour une fois, qui lance la conversation.

— Une baleine ? s'écrie Suzie, c'est à peine croyable... (Mais ce n'est pas ce qui l'intrigue le plus.) Et comment se fait-il que vous ayez été invité par le Commandant, est-ce parce que vous êtes *fameux* ?

— Non, c'est pour me donner l'impression d'être un personnage de marque. Cette impression est censée me rendre la croisière encore plus agréable et le compte-rendu que j'en ferai sera d'autant plus utile à la Compagnie...

Le poisson-chat à la louisianaise reste suspendu en l'air, au bout de sa fourchette. Elle se tourne vers son mari.

— Tu ne pourrais pas faire un compte-rendu ou quelque chose comme ça ?

Lucy prétend que ce n'est pas la peine de voyager en première classe s'il faut s'occuper de tout ce qui se passe sous la mer.

Orson, dont j'ai croisé le regard amical, a posé sa serviette sur la nappe et s'est enfoncé dans son fauteuil avec satisfaction. Rose, sa femme, lui prend la main.

— C'est égal, fait-elle, nous flottons sur le mystère.

— Ce monde est comme un bouchon sur la vague, dit Orson.

Descente de la Sizeranne

D'après Aimé, tu aurais dit : « — Freine... freine ! » mais selon Paulette, l'amie qui était assise à l'avant, tu n'aurais rien dit. Il me semble qu'au moment de l'embardée, quand la voiture quitte la route, à la fin du tournant, et s'enfonce dans les broussailles et les arbustes qui la retiendront, au dernier moment, au bord du ravin, tu as su. Que c'était arrivé. Je crois savoir aussi — je sais — que tu as lâché prise. Tu t'es laissée aller. Tu ne t'es pas agrippée au siège, ni cramponnée à l'appui-tête devant toi, à la poignée de la porte ou à n'importe quoi, tu ne t'es pas repliée sur toi-même, tu ne t'es pas protégée. Tu t'es laissée partir. Si tu as poussé un cri, c'était sûrement un cri discret, plutôt un grand soupir, un appel d'air angoissé. Peut-être as-tu porté ta main retournée à ton plexus. Je ne dis pas que si on t'avait posé la question de savoir si tu préférais mourir ou continuer à vivre, tu n'aurais pas choisi de continuer, tu l'aurais sûrement fait, mais là, je sais que, dans ce fragment de seconde, tu n'as pas réclamé à vivre. Je ne serais pas étonné que lorsqu'on meurt, on ne meure pas à son âge exact mais plutôt à l'âge qui nous reflète le mieux. J'ignore si Rimbaud est mort à trente-sept ou dix-sept ans parce que, d'une certaine façon, il en avait déjà trente à dix-sept. Je sais que tu es morte à quinze ans. Au cœur de ton adolescence, tu étais une jeune fille gironde, avec un regard clair, tu respectais tes parents, Dieu, tu croyais à une vie claire comme tes yeux, tu avais ce qu'on dit être l'intelligence du cœur, l'intelligence non pas des simples mais de ceux qui confient leur ambition au monde, qui ne la gardent pas pour eux. Tu t'es laissée conduire. Plus tard, tu as été déçue, blessée, lassée... Mais au fond de toi, les jours de grâce, tu avais quinze ans. Je m'en veux de n'avoir pas compris ça plus tôt, moi qui n'aurai jamais que dix ans et demi. Je crois que je t'en voulais de ne pas avoir plus d'ambition, de ne pas savoir davantage que chaque être, unique, est tenu d'apporter sa voix au concert. Tu chantais, à quinze ans. Tu envoyais à tes parents des cartes d'une belle plume, à l'encre violette, dans laquelle tu disais déjà que tu aurais toujours quinze ans.

Lorsque la mort t'a soulevée, à travers la vitre arrière de la voiture que tu as brisée de ta nuque, défaisant pour la dernière fois ton chignon (— Oui, tu as des cheveux qui *retombent*, M'man...), tu avais quinze ans. Des gens qui se croient sérieux trouveront peut-être ça ridicule mais ça n'a pas d'importance, plus pour moi en tout cas.

Chanter. Il y a ceci, dans Homère, « L'Odyssée » : « Les Dieux tissent des malheurs pour les hommes afin que les générations à venir aient quelque chose à chanter ». Chanter, entre larmes et rires, entre espérance et désespoir, plénitude et vide, vie et mort. Parfois, je me dis que j'aurais mieux fait d'apprendre la musique, à cause de l'Ave Maria, du Requiem, de La Maison du Soleil couchant, de la Mémoire et la mer… Peut-être aurais-je pu me contenter *d'écouter* de la musique, puisque tout ça était déjà fait. Mais au fond de ces musiques géniales, au cœur de l'émotion et de l'intelligence, dans l'alchimie de la joie et de la douleur inhérente à la beauté des grandes œuvres humaines, il y a quelque chose qui vous soulève, vous tire hors de vos chaussures crottées et vous demande : — Et toi, que vas-tu chanter ?

Tout le monde doit chanter. Le paysan, l'ébéniste, le peintre en bâtiment, l'arpenteur, on voit à peu près comment. Pour le banquier, l'éboueur, ça paraît plus difficile — mais ils devraient. Certains le font. L'épicier est tenu de chanter, aussi. Toute épicerie devrait être de luxe. Nous sommes ici pour le luxe et rien d'autre.

J'avais dix ans et demi quand j'ai su de façon éclatante qu'il fallait chanter. Je ne savais pas quoi, exactement, et je ne sais toujours pas. Autour de moi, on souhaiterait parfois que je chante davantage. Je chante, je chante. C'est une joie formidable, immense, infinie. Un désert à traverser aussi. La misère. Le luxe. Revendiquer le luxe est très choquant, de nos jours, alors que le capitalisme s'est déguisé en Gestion et le socialisme en Solidarité-minimum-avec-les-plus-défavorisés. Je me réclame du luxe.

L'anecdote qui suit n'a pour but ni de choquer, ni de provoquer, il ne s'agit même pas d'une fable. Je ne te l'ai jamais racontée parce que tu aurais immédiatement porté ta main à ton plexus en te désolant de ce que je ne sois pas capable de mener une vie *normale*. Il y a déjà quelques années, j'avais pensé qu'il était peut-être plus facile de chanter à la campagne qu'en ville et un ami journaliste m'avait prêté sa maison, près de la forêt de Fontainebleau. (J'ai eu tout le loisir de vérifier que la ville n'est pas moins propice au chant que les champs et que vous pouvez chanter n'importe où. Je garde une préférence pour la campagne, à cause des chouettes et des voisins qu'on ne trouve pas en ville. Ce qui ne m'empêche pas d'apprécier le mot de Céline : « J'ai horreur de la guerre. La guerre se passe toujours à la campagne et la campagne m'emmerde. ») J'avais un livre à *boucler*. Comme il arrive tous les jours, un soir, la nuit tomba. Je n'avais rien mangé de la journée — que j'avais passée en vocalises. J'avais faim. Le réfrigérateur était vide. L'épicier-boulanger-charcutier du village devait avoir déjà fermé boutique. J'étais sans voiture. Et, surtout, sans argent, pas un franc. Mais je disposais d'un vélo et, la veille, j'avais noté que les champs de pommes de terre avaient déjà donné. La providence, généralement, s'arrange pour qu'une tubéreuse ou deux échappent à la vigilance du fermier. Je vais donc faire un tour à vélo, muni d'une lampe de poche. Au bout d'une heure, je reviens avec quatre magnifiques pommes de terre que je dévore, cuites à l'eau, sans sel et sans beurre. Le lendemain, Mary me fait passer par le chauffeur du car de Villejuif, une enveloppe contenant un billet de deux cents francs.

Un autre arrêt de car, quelques mois plus loin : Bernard et Betty m'invitent à déjeuner à la Coupole. Ils viennent de lire mon manuscrit. Ils disent qu'il est encore meilleur que le précédent... Et qu'il se vendra probablement encore moins bien. Il y a cette étincelle de joie atomique, au fond de moi, qui me dit qu'il n'y a rien à dire, que tout est bien, que je n'ai rien d'autre à faire, si ce n'est encore mieux la prochaine fois. Je sais qu'ils sont absolument sincères : ils viennent de me signer un chèque. Une avance sur la prochaine fois.

Je ne pense pas pouvoir rembourser toutes mes dettes parce que j'ai vécu dans un luxe inouï. Et il y a cette dette supplémentaire, dont j'ignorais que c'en était une, non remboursable, si ce n'est par un chèque sans provision sur l'origine et la fin du monde, d'être l'enfant d'une femme. Il est vrai que nous sommes des milliards d'endettés, non solvables...

J'ai refait plusieurs fois la descente de la Sizeranne, avec ton destin dans mon pare-brise.

Une minuscule goupille manquait à l'axe d'une pédale, le mécanisme s'est peu à peu décalé, désenclenchant l'embrayage et bloquant la pédale de frein. Cette goupille a peut-être toujours manqué...

La voiture a pris de la vitesse. Soixante, soixante-dix kilomètres à l'heure, c'était déjà beaucoup trop pour la série de virages à négocier. Pas de chemin de traverse, que des arbres d'un côté, le ravin de l'autre. Je crois savoir ce qu'Aimé a éprouvé. Les pneus crissent sur le gravier qui borde le premier virage dangereux, mordent sur le talus du deuxième. Il sait déjà qu'il ne les passera pas tous. Le troisième est à quatre-vingt-dix degrés : les pneus n'adhèrent plus au bitume. La voiture quitte la route aux deux tiers du tournant, décolle en heurtant le talus, plonge de l'avant dans un filet de ronces et d'arbrisseaux, deux ou trois mètres en contrebas. Un jeune sapin la retient au bord de l'abîme. Lorsque les roues arrière retombent sur le sol, tu n'es plus dans la voiture.

Paulette, à qui tu avais laissé ta place à l'avant, s'en extirpe, un mollet déchiré. Aimé, le visage tuméfié, ne sait pas comment il s'est arraché à ce linceul de tôles froissées. Ils remontent, chacun d'un côté de la carcasse, un himalaya de ronces. Paulette a deviné plus qu'elle n'a vu mais elle dira : « — J'ai su tout de suite qu'elle était morte ».

L'évidence même de ces secondes définitives ne s'impose pas. Il y a dans ma conscience comme une porte qui battrait, ni ouverte, ni fermée. Je me surprends à vouloir te téléphoner. Instantanément, je me souviens. C'est idiot. Cette souffrance de ne plus pouvoir te téléphoner, jamais, est plus réelle que celle de ta mort. Je ne suis pourtant pas de ceux qui refusent de reconnaître les faits. Je n'ai pas d'illusions sur eux mais je ne les nie pas. Et, quelque part le long de la frontière en pointillé de ma conscience, je persiste à vouloir te rendre la lune et quelques centimes, te faire lire un chapitre de mon livre...

Le sourire paisible, confiant — dont tu m'as fait don plusieurs fois ces dernières années — semblait dire également que tu n'étais plus tellement impliquée... Je n'ai pas su saisir ça. Que ce n'était plus tout à fait à l'ordre du jour, pour toi, que tu pensais avoir déjà fait un bon bout de chemin. Oui, j'aurais pu le savoir. Je t'aurais aimée un peu plus. J'aurais été un peu plus indulgent avec toi — avec moi-même par la même occasion. J'aurais compris davantage, même sans pouvoir l'exprimer. J'aurais peut-être eu le temps de te dire que je t'aime par-dessus les toits, par-dessus le monde, par-dessus tout. Par-dessus moi.

Par-dessus toi. J'aurais eu le temps d'apprivoiser — un tout petit peu — ta mort. Et de comprendre — un tout petit peu mieux — l'amour.

La vie continue. Désespérément identique et radicalement différente à la fois. Il me semble parfois qu'elle n'est déjà plus que l'un des films que mon oncle tournait en huit millimètres. Dans ma propre vie, j'ai parfois l'impression d'entendre le ronronnement du projecteur. Je pourrais arrêter des gens dans la rue : « — Nous sommes dans le même film ! » Ils me regarderaient comme on regarde un fou. Avec des yeux de fou.

Marie et Chris verront passer ma silhouette, à peine saccadée, dans les films d'Albert, ton frère, un jour… Le 10 janvier 2015 est un jour. Demain aussi.

En mer

La baleine a couru les couloirs, s'est assise aux bars, a pris le thé, dans le Salon de la Reine, puis une option sur le plat du jour des grills et des restaurants. Tout le monde a l'impression de l'avoir bien connue et chacun lui fait, à sa façon, une oraison funèbre. La baleine morte a ramené ce casino flottant au sens de la réalité : la vie est un océan — et ce qui nous permet de voguer sur elle est aussi ce qui rend notre naufrage inéluctable. L'Occident II a des frissons. Il se trouve que nous passons tout près de l'endroit où l'un de ses glorieux ancêtres, réputé insubmersible, fit la rencontre d'un iceberg qui ne le savait pas. Le nom de l'iceberg n'est pas passé à la postérité mais celui du navire était le Titanic. La troisième chaîne de télévision du bord diffuse un film documentaire sur son histoire et des images d'une récente plongée mettent en vedette un pot de chambre. Ce qu'on appelait à l'époque, en première classe, un « vase de commodité », repose par quatre mille mètres de fond, dans un autre genre de vase...

Mary tient de son père, capitaine au long cours, un de ces pots de prestige ayant sillonné les mers à bord du paquebot France (disparu plus modestement, et sans noyés).

Son père a fait son dernier voyage à bord d'un bâtiment qu'il ne commandait pas, un vaisseau de pierre, un hôpital immense lancé dans Paris comme un navire en détresse. La maneuvre était délicate et, ce jour-là, la terre était mauvaise. C'était le lendemain d'une opération risquée. Le Commandant, peu enclin à se tenir ailleurs que sur la passerelle, a exprimé le vœu — au grand désarroi de l'infirmière qui était seule pour peser ce colosse — « d'aller prendre un café ». Une soudaine chute de tension l'a fait brutalement retomber sur son lit et une petite bulle d'air, passée par l'ouverture d'un catheter arraché comme par une voie d'eau, a rendu toute tentative ultérieure de sauvetage inutile.

Un tableau décrit le cadre et précise les circonstances de la mort d'un de ses lointains ancêtres. Mer de bleu nuit et d'écume, ciel mauve épaissi par les fumées du combat naval. 1757 : à gauche, la corvette L'Émeraude, vingt-deux canons, commandée par Charles Léon de Taillevis, marquis de Perrigny, à droite la frégate Southampton, quarante canons. « Monsieur de Taillevis, dit la légende, eut les deux cuisses emportées par un boulet. Il se fit mettre dans une balle de son et continua de commander ; ayant brisé le gouvernail de la frégate ennemie, il se voyait au moment de s'emparer d'un navire bien supérieur en force lorsqu'il fut coupé en deux par un second boulet. »

Nous sommes faits de nos morts, aussi. De quoi ne sommes-nous pas faits ?

Tu avais vécu la mort de ton frère. André. Le garçon qui n'a peut-être jamais été vraiment là et qui manque encore à tous ceux qui l'ont connu, après cinquante ans d'absence. Blagueur, simple, compliqué, hésitant, attendrissant, réconfortant. En manque. Il avait cru un temps n'aimer que Dieu. Ensuite, il s'est un peu désolé d'aimer toutes les femmes. Sans pouvoir choisir. L'une de celles qui se pensaient « promises » n'a jamais voulu croire à sa mort. A près de quatre-vingts ans, elle demeure persuadée qu'il a su se ménager une autre vie — d'ailleurs, il aurait produit, sous son propre nom, une émission littéraire à la télévison, pendant des années. On lui dit qu'il s'agit d'un homonyme. Mais ce genre de détails ne l'intéresse pas. Je ne songerais pas à me moquer d'elle, certainement pas. Elle l'a aimé. Quand on a aimé, vraiment, on aime à jamais, même quand la vie nous invente des motifs de rupture.

André, après avoir renoncé au séminaire, est à dix-neuf ans le fermier-intendant d'une grande ferme marocaine. Malgré des scrupules d'objecteur de conscience, un an plus tard, il intègre un régiment de spahis. En mai 1945, il est dans la tourelle du premier char à rentrer dans Royan en flammes. « Spectacle fantastique et navrant », note-t-il dans une de ses lettres. « Les pins des Landes brûlent comme des cierges »... Il obtient la Croix de guerre devant La Rochelle et passe ses dernières semaines dans la Forêt-Noire, en 1945, avec la deuxième division blindée. Quinze jours d'agonie à la suite d'un accident de jeep. Septicémie. Il s'excuse de sentir mauvais. Il est mort en plaisantant. A vingt-trois ans.

— Il blaguait tout le temps, me disait Louise.

On laissait entendre que je lui ressemblais et je n'en étais pas peu fier, puis, un jour, je me suis aperçu que j'étais déjà beaucoup plus vieux que lui...

Vous aviez fait en famille le voyage à Baden-Baden à travers les ruines de la guerre, par autorisation spéciale, grâce à la protection d'un Annonéen de bonne famille qui connaissait et estimait ton frère — et qui savait peut-être avant vous qu'il était perdu — Maurice Grimaud. Ce jeune haut fonctionnaire humaniste sera, vingt-trois ans plus tard, l'un des rares notables (parmi ceux qui tenaient alors le pouvoir et ceux qui le briguaient) à se sortir avec les honneurs des événements tragi-comiques de mai 1968 : il était alors préfet de police à Paris.

Albert et Aimé avaient raccompagné le cercueil

plombé qui, malgré les courants d'air sur la plate-forme découverte du camion, répandait des odeurs atroces...

En 1942, tu avais été invitée à rejoindre ton frère au Maroc et sur le point de faire le voyage. La guerre qui s'installait en Afrique t'en avait empêchée. Les lettres de cette époque — celles de ta mère, corrigées et *arrangées* par ton père, celles de Madame D. et d'autres, parents ou amis —, me persuadent que les gens valent souvent mieux que leurs idées ou leurs préjugés et que nous sommes tous « en manque ».

Au lendemain des funérailles de ton frère, un brouillon de lettre de remerciement révèle que tu as définitivement troqué ton graphisme de jeune fille contre une écriture de femme, celle que je t'ai toujours connue.

Parmi les projets d'avenir qui me tiennent le plus à cœur, il y a certainement celui-ci : tâcher de mourir en plaisantant. Si l'occasion devait m'en être offerte, j'espère avoir encore suffisamment de présence d'esprit au moment de rendre l'âme. Je prends, de jour et de nuit, toutes sortes de notes, sur la vie des mésanges, des écureuils, des coccinelles, de mes voisins (ainsi que sur ma vie intérieure), sur toutes sortes de supports — enveloppes, paquets de cigarettes, feuilles volantes, bandes magnétiques. Régulièrement, j'envisage de mettre un peu d'ordre dans tout cela (en même temps que dans ma vie intérieure) et j'acquiers à cet effet des cahiers et des carnets luxueux — sur lesquels je note malheureusement d'autres choses. L'un de ces carnets est intitulé « Idées de mots à dire à l'heure de ma mort ». C'est le seul à être resté désespérément vierge.

Tu aurais été une chouette sœur.

Tu étais propre, lisse, chaleureuse, sans calcul. Un peu susceptible pourtant, un peu capricieuse. Juste compensation accordée aux stars et aux filles — qui, longtemps, bien que faisant tous les frais de la plupart des films, n'ont pas eu leur mot à dire sur le scénario.

Lorsque tu as rencontré le metteur en scène, mon père, Aimé — ce grand barbu tout en charpente osseuse, qui parlait haut et avait tout appris sur le monde à l'école normale d'instituteurs de Valence, l'organisateur-né, que la vie avait à la fois privé de tendresse et de doute —, c'était dans une colonie de vacances. Le parc d'une propriété dont on longe les murs sur quelques dizaines de mètres en montant à Chatinais. Vous étiez tous les deux moniteurs mais tu l'étais moins que lui, naturellement. Et tu as jugé bon de te soustraire à l'autorité de la reine-mère en te soumettant au roi de l'orthographe et du calcul mental. Je te comprends.

Il y avait là trois membres des « Compagnons de la musique », un groupe de jeunes gens, fervents des vieilles chansons françaises d'avant la défaite, qui allaient, avec l'aide d'une petite dame qui se faisait appeler Édith Piaf, devenir pour trente ans de carrière les « Compagnons de la chanson ». Tu chantais avec eux : « Ne pleure pas, Jeannette. » (« Nous te marillerons, nous te marillerons... »)

Aimé chantait aussi.

Fort. Il était capable de parler sans micro pour deux cents personnes (il ne pense pas que j'aie grand-chose à dire mais, en plus, il me reprocherait volontiers de ne pas me faire entendre). Drôle — il savait jouer de ses propres particularités (mais sans aller jusqu'à feindre de les déprécier, à l'anglaise, ratant l'humour de peu). Tant qu'on lui laissait la vedette, il pouvait se montrer d'excellente humeur. Bon maître, il a mené avec succès au Certificat d'Études des générations de fils de paysans et d'ouvriers — le zéro en dictée (cinq fautes) était éliminatoire et certains docteurs en lettres d'aujourd'hui ne seraient pas certifiés. Bon maire, il aurait pu donner des leçons de gestion et d'honnêteté à pas mal d'hommes d'État. Mais, avec ça, paradoxalement partisan du minimum en toutes choses. Sa rigueur budgétaire est proverbiale. A trente ans, peut-être à vingt déjà, il considérait qu'il avait « son bâton de maréchal dans sa giberne ». Notre Père du Strict Minimum. Je suis, évidemment, un sectateur fanatique du Maximum et j'ai parfois souffert — et fait souffrir autour de moi — d'un manque de minimum.

Pourtant, je lui ressemble davantage qu'il ne le saura jamais. La mort, l'archange des métamorphoses, qui réduit considérablement les inégalités d'âme, ne laissera de nous deux qu'un air de famille jauni sur de vieilles photographies.

Au village

Le surlendemain de la cérémonie, vous conduisez votre père à la clinique. On doit lui remettre en place le sinus enfoncé. Son grand souci est que vous ne restiez pas dans la maison. Si vous restez, il reste. Vous pourriez être tenté, par exemple, de chercher la cachette des photos de famille, dans quelque grenier inaccessible où les souris les classent par album. Il ne les regardera peut-être jamais, mais l'idée qu'une seule pourrait sortir de son territoire le rendrait malade. Vous les lui avez réclamées souvent, pourtant, sans jamais les chercher…

Vous irez dormir à Chatinais.

De bonnes âmes vous appellent pour vous recommander de bien vous occuper de votre père.

Vous lui proposez de rester quelque temps avec lui, ou de l'emmener à Londres où Mary est retournée aujourd'hui… Non, il a besoin d'être seul. Besoin. Dans sa chambre, à la clinique, il étale sur le lit tous les télégrammes, cartes, lettres de condoléances qui lui sont déjà parvenus. Il en fait l'inventaire, prévoit les réponses ; il n'en oubliera aucune, certainement. Vous acquiescez à toutes ses demandes, c'est encore la meilleure façon de vous taire. Vous avez éliminé la possibilité de la colère et toute votre énergie s'est dissoute avec elle, ou presque. Il vous en reste juste assez pour ne pas vous laisser glisser sur le sol.

Vous, vous n'avez pas besoin d'être seul. Au moment de le quitter, en l'embrassant, un sanglot que vous n'avez pas senti se former dans votre poitrine vous échappe et vous avez la tentation de vous appuyer sur lui, de le prendre dans vos bras, de partager la douleur, une seconde. Mais il a saisi vos mains pour vous retenir et s'est détourné, nerveusement :

— Oui, oui, je sais, a-t-il dit, c'est épouvantable !...

Les émotions des autres lui font peur. Il ne voudrait pas qu'on l'aime. Il y a au fond de tout amour la prescience de la séparation. La mort. Il a sans doute, encore plus que d'autres, peur de mourir. Il se protège. Aimer ? non merci ! Pourtant sa mère avait choisi de l'appeler Aimé.

A Chatinais, à un kilomètre du Pas du Loup, il y a du feu et du bon vin. La souffrance y est sans désespoir. Cela paraît simple : il faut croire que c'est très compliqué.

A sa sortie de la clinique, vous le ramenez à la maison, vous restez quelques jours et lui servez de chauffeur. A la fin, vous avez une idée saugrenue. Vous évoquez la possibilité qu'il offre quelques bijoux de votre mère à Marie, Mary et à ses nièces. Cette idée le bouleverse. Ce n'est pas possible, non. Plus tard. Plus tard, on verra. Et à votre frère et vous ? Ce n'est pas possible non plus.

Alors vous lui confiez que, dans le petit bureau de votre mère où vous dormez, dans un lit qui fut jadis le vôtre, vous avez eu très froid. Le manteau noir de Jeanne était suspendu derrière la porte et vous vous en êtes couvert. Sur le col, vous avez trouvé trois cheveux, trois cheveux gris. C'est tout ce que vous possédez d'elle. Un instant, vous vous demandez s'il ne va pas vous les réclamer.

Mais lorsque vous partez, il est au milieu de la route, la main sur la portière de votre voiture, et il pleure. C'est votre père. Votre père qui pleure, votre vieux père. Vous ignorez le sens de la vie mais elle doit bien en avoir un. Ce n'est sûrement pas votre père pour rien. Votre tristesse vous a déchargé de quelques fardeaux accessoires. Vous lui baisez la main. Et c'est comme un acte d'allégeance, le seul sincère que vous lui aurez jamais fait.

Vous passez au cimetière. De la tombe, on voit

les monts du Vivarais que le soleil rasant embrase. Dans la montée des Barges, vers Annonay, ce ne sont plus que charbons rougeoyant au sommet. Les premières étoiles paraissent. De Chatinais, vous irez rendre visite à votre frère, en passant par le col du Grand Bois, ouvert malgré la neige. Mais cette nuit, après avoir échangé des souvenirs avec votre oncle — qui aura bientôt quatre-vingts ans — jusqu'à trois heures, vous irez marcher sur la route qui monte au Pas du Loup. Votre oncle vous regardera partir avec un sourire attendri. Il vous prêtera son blouson.

Après la bergerie, dans le silence à peine souligné par quelques tintements de sonnailles, sous les constellations de l'hiver, vous vous arrêterez pour vous retourner. Au loin, plus bas, dans la vallée de la Vocance, des lumières humaines étoileront aussi le fond noir des collines. Vous ressentirez une nouvelle, étrange impression de paix. Vous ne savez rien. Le temps est venu de prendre votre quart, celui de la deuxième partie de la nuit — le plus dur, selon les marins, mais ce sont vos heures. Votre mère a tout donné. Vous donnerez tout. Vous avez de la route à faire. Depuis longtemps déjà, toujours peut-être, c'est la route qui vous conduit.

En mer

Parcourant le ventre de l'Occident II — cuisines, lingeries, caves, salon de coiffure, pressing, bureau de poste, banque... — je tombe sur le père blanc qui m'emmène visiter la « Crèche ». Je ne comprends qu'en arrivant la lueur de malice dans son œil bleu. Il s'agit d'une nurserie pour animaux domestiques, avec salle de toilettage et salon d'attente : les maîtres viennent généralement passer un moment avec eux au cours de la journée... Installée dans un panier très coquet, une chatte tigrée attend sa visite quotidienne. Je crois voir *ta* chatte.

Tu avais avec cette chatte des rapports d'égalité et de complicité étonnants, tels que tu n'en as peut-être jamais eu avec personne. Quand elle a été abattue par un garde-chasse, à quelques dizaines de mètres de la maison, tu t'es révoltée. Cela ne t'arrivait pas souvent. Tu te contentais généralement de déplorer les événements, d'un air découragé. « — Oh, non, c'est trop bête ! » disais-tu...

Je t'ai vue te rebeller deux autres fois. La première, contre mon père — j'avais à peine quatre ans, tu devais donc en avoir vingt-cinq — la seconde, contre ta mère — j'avais dix-neuf ans et toi quarante. Tu avais crié, d'un cri qui n'était peut-être qu'une lamentation exacerbée, avant de t'effondrer en sanglots, au bord de l'évanouissement. Ce qu'on appelait facilement à l'époque « une crise de nerfs », façon habile de maquiller la cause en laissant entendre que la conséquence était disproportionnée. Mais c'était le genre de révolte qui n'impressionnait ni mon père, ni ta mère. Trop faible.

Je me souviens que tu nous disais parfois — comme sans doute la plupart des mères de France à leurs enfants, en ce temps-là (il y a des modes pour tout) : « — Ne me poussez pas à bout. »

J'avais été bouleversé par ces deux scènes. Je pourrais encore aujourd'hui en brosser le décor, la couleur des murs, la qualité de la lumière, en donner le nombre exact de participants... Pour la première, nous étions à table. Mon petit frère, à ma gauche, derrière le plateau amovible, agrémenté d'un boulier, de son mirador pour bébé — toi en face. Notre faculté de mémorisation et de remémorisation se nourrit avant tout d'émotion (que l'on puisse aujourd'hui décrire ces phénomènes à l'aide de la mécanique ou l'électrochimie ne change rien à l'affaire) et je m'étonne que plusieurs millénaires de réformes de l'enseignement n'en aient jamais tenu le moindre compte.

En revanche, je n'ai aucun souvenir de ce qu'éructait notre père, debout derrière toi, dans la cuisine. Des récriminations, des reproches, des condamnations... Parce que je n'écoutais pas ce qu'il disait, sans doute, trop occupé à souhaiter de toutes mes forces, le nez dans mon assiette de jambon à la purée, qu'il s'arrête. Et c'est justement ce que tu as crié, quand tu as craqué : « — Arrête... Arrête ! » Tu avais laissé tomber l'assiette de purée de mon frère et brandi ta fourchette, dans ton poing serré. Mais tu ne menaçais que le ciel, ou toi-même, et tu t'es rapidement recroquevillée sur ta chaise, en sanglotant. Pas longtemps. Très vite, tu es revenue à la purée. Tu étais une bonne mère.

Ce n'est pas forcément mon désespoir le plus ancien mais c'est le premier dont je me souvienne. Un désespoir de tempête, d'alerte rouge : ne plus bouger en priant que le vent se calme ou que les obus tombent un peu plus loin... Je n'ignore pas qu'on ne sait pas grand-chose à vingt, trente ou quarante ans (j'espère encore un peu qu'à cinquante, j'en saurai davantage) mais je suis décontenancé, repensant à cette scène, de constater que j'en savais déjà l'essentiel à quatre ans.

Tes chagrins m'ont toujours profondément ému. Jusqu'à l'âge de quatorze ou quinze ans, au moins. Plus tard, il faut bien que je l'avoue, j'en ai été parfois un peu agacé. Quelquefois parce que j'en étais plus ou moins responsable, le plus souvent parce que, me sentant désormais moins protégé, j'envisageais une autre vie que la tienne, des horizons différents, d'autres formes de désespoir... En tout cas, il n'était pas question pour moi de rester prisonnier à perpétuité de cette école, à l'étage de laquelle nous habitions. Il me semblait que je devais me garder de trop m'apitoyer et m'entraîner à ne pas avoir de « crises de nerfs » trop courtes... Mais avant cet âge, je suis mort plusieurs fois de désespoir et d'impuissance devant tes larmes. Et, une fois au moins, de sentiment de culpabilité.

Tu avais sorti du tiroir du buffet ton éternel petit porte-monnaie de peau à fermoirs dorés et constaté que tu n'avais presque plus d'argent. Tu avais pincé les lèvres et tes yeux s'étaient remplis de larmes. Nous n'étions pas dans la misère, certes, mais pas non plus dans l'opulence — l'opulence était d'ailleurs un mot que mon père, qui serrait les cordons de la bourse sur son salaire de jeune instituteur, n'envisageait pas. Bref, tu pleurais silencieusement. Or je venais de te voler vingt centimes.

C'est impardonnable, je sais, mais il faut que je t'explique. C'était un dimanche soir et j'étais angoissé depuis le matin à l'idée de regagner le lycée, le lendemain, sans avoir de quoi rembourser les vingt centimes que j'avais empruntés. Pour m'acheter les drogues dures — des tubes de crème de marron — qui m'aidaient à supporter le grand vide ou le trop plein, ou les deux, du pensionnat. J'ai découvert très tôt que les nourritures terrestres, prises en léger excédent, procuraient une forme d'anesthésie et que l'état de somnolence post-prandiale était un succédané de bonheur. Aussi je n'hésitais jamais à reprendre du mouton aux haricots, plat hebdomadaire auquel la plupart de mes camarades se faisaient un honneur de ne pas toucher. Cet usage, combiné avec la crème de marron, et le fait que je terminais mes rédactions vers minuit, à la lueur d'une lampe de poche, dans la salle d'eau du dortoir — ayant passé le temps de l'étude du soir à lire des nouvelles de Maupassant — me permettaient assez régulièrement de m'endormir l'après-midi, en cours de maths ou de latin. Seulement, ayant été « collé » le dimanche précédent, je n'avais pu toucher les cinquante centimes qui m'étaient octroyés comme argent de poche pour la semaine et je ne les toucherais pas non plus cette fois, car mon père ne détestait pas doubler les punitions. Or le petit père Combes — un fils de paysan qui boutonnait tous les boutons de sa blouse, ce qui, même au pensionnat, même dans l'Ardèche, n'était plus à la mode depuis longtemps — me réclamait ses vingt centimes. Le prix d'un *petit* tube de marron.

Je m'étais promis de te rendre le double, quarante centimes, en économisant, mais, à l'époque, les prix augmentaient déjà de façon surprenante, surtout celui de la crème de marron. Sans compter que je fus plusieurs fois malchanceux aux billes (la bille de terre coûtait un centime)...

Quelques années plus tôt, je devais avoir sept ou huit ans, je t'empruntais une somme dont tu refuserais le remboursement. C'était à la fin d'une séance de cinéma au Patronage. Un père blanc, venu parler des missions en Afrique noire, avait projeté un film muet sur la rivalité entre deux villages africains. On comprenait tout parce qu'il commentait les images. C'était un film extrêmement impressionnant, qui comportait surtout des scènes de chasse et de danse, au cours duquel un noble vieillard — qui était pour la paix — était fait prisonnier et rendu aveugle par les gens du village adverse. A la fin, il retournait dans son propre village, aveugle, et il était toujours pour la paix...

Le noble vieillard noir portait une barbe blanche, le père blanc une longue barbe grise. Tous deux avaient l'air très bon. Pendant quelques heures, je fus intensément chrétien et, au cours des semaines qui suivirent, je me voyais bien en père blanc débonnaire et digne, en train d'essayer, en plein milieu d'une guerre tribale, d'empêcher les gens de s'aveugler les uns les autres.

Il y avait naturellement une quête, à la fin de

la soirée, et tu avais déjà donné. Mais je voulais donner aussi. Je t'expliquais alors que j'avais trente centimes dans ma tirelire (en forme de poire), que tu pouvais peut-être me les avancer afin que je puisse contribuer personnellement aux frais des missions. Tu me dis que j'étais un bon garçon et que dix centimes suffiraient. Mais je voulais tout donner. Je remis solennellement mon obole au missionnaire qui avait suivi la scène d'un œil souriant.

Tu n'as jamais voulu que je te rende ces trente centimes. C'est peut-être pour ça que je ne suis jamais devenu père blanc. Et que, n'ayant fait aucun progrès vers la sainteté, je n'ai cessé de ressentir, un peu partout dans le monde et jusque dans mon propre bureau, une impression d'insécurité, comme si je m'étais toujours trouvé au beau milieu d'une guerre tribale quelconque. Pas mécontent de m'en tirer ainsi, au fond. L'apitoiement est une chose dangereuse. Le signe avant-coureur de la compassion. Et, quand la compassion vous tombe dessus, vous devenez un saint homme et vous gâchez votre vie, vous ne pouvez plus rien faire d'autre que d'être un saint homme. Même s'il vous arrive de traîner dans les bistrots, vous ne buvez pas, vous payez des verres aux autres...

Au bord du Rhône

Vous n'avez pu vous résigner à vous éloigner. De chez votre frère, au lieu de regagner Paris et Londres, vous êtes revenu vers le Pas du Loup.

Vous insistez pour qu'Aimé accepte d'aller dîner à La Roche de Glun, au bord d'un bras du Rhône, d'une petite friture de poissons. C'est là que Louis, son père, possédait une maison de famille, aux murs de galets ronds, qu'il a dû vendre au début des années trente. C'est la troisième fois seulement, depuis votre adolescence, que votre père accepte et prend le temps de vous parler des siens, qu'à part son frère vous n'avez pas connus.

Il se souvient de l'enterrement de la cousine Nini qui habitait à la limite d'une commune. A cinq cents mètres d'un cimetière appartenant à une autre commune — qui comptait scrupuleusement ses morts. Il avait fallu la porter en terre à huit kilomètres, à pied, au soleil du mois d'août, au rythme du cheval de corbillard.

Vous connaissez déjà le mot célèbre du cousin Navizet, que plusieurs générations, à Érôme, se sont transmis. Cet « employé municipal » est découvert un jour, allongé dans un champ, par un voisin. Ce dernier, craignant qu'il ait pris quelque malaise, lui secoue l'épaule. Le cousin Navizet se redresse comme un diable :

— Quelle heure est-il ?

— Cinq heures et demie...

— Cinq heures et demie ? J'ai perdu une demi-heure !

Joséphine — il dit « la mère » —, son portrait tout craché, est morte quand il avait quatorze ans. « Le père », forgeron maréchal-ferrant, frère, fils et petit-fils de maréchaux-ferrants, fut de ces rares prisonniers de guerre, retenus à Dantzig, qui ne rentrèrent qu'en 1921. A son retour, il trouva un nouveau forgeron au village et dut se contenter d'un poste de mécanicien à l'usine de céramique. L'argent était rare, dans la petite maison d'Érôme, au bord de la nationale 7. Aimé a dû se battre, et ne douter de rien, pour décrocher son diplôme d'instituteur. A quatorze ans, son frère aîné était entré à son tour à l'usine.

Le nom qu'il vous a légué signifiait en vieux germain « corbeau brillant ». Un nom d'Indien, dont vous imaginez que ce fut un surnom de forgeron. L'homme noir qui fait jaillir des étincelles...

Vous êtes satisfait de vos ancêtres. Vous aimeriez devenir un ancêtre, vous aussi. Comme François Joseph Lefebvre. Ce sergent de l'Ancien Régime à qui la Révolution a ouvert la carrière d'officier. Napoléon l'a fait général puis maréchal de France, duc de Dantzig. (Il a de plus le redoutable honneur d'être le mari de Madame Sans-Gêne.) A la Restauration, la noblesse émigrée, récemment rentrée dans ses meubles, l'invite à une soirée dans le but de s'amuser à ses dépens. Il comprend vite, part en claquant la porte, puis se ravise, revient dans le salon et s'écrie, d'une voix de stentor :

— Messieurs, vous êtes fiers de vos ancêtres ? Eh bien, moi, je *suis* un ancêtre !

Vous n'avez pas été le fils qu'il aurait souhaité. Il aurait d'ailleurs préféré une fille. Vous vous seriez appelé Marie, vous aussi. Une fille agrégée de mathématiques l'aurait comblé. Ça ne se discute pas, les sentiments.

Il vous a assuré une enfance qui, comparée à la sienne, paraît très confortable. Il ne vous jamais mis la main sur l'épaule, c'est vrai, mais cela vous a permis de mesurer les distances, de prendre les vôtres.

Vous n'avez obtenu que deux satisfecit de sa part. L'un assez tôt : vous êtes le premier de la Maternelle à savoir lire et il vous a offert une petite éponge à ardoise. L'autre beaucoup plus tard : vous avez près de quarante ans. Au cours d'un repas de famille, il demande qui se souvient des noms des trois caravelles de Christophe Colomb. Personne ne sait, sauf vous.

— La Pinta, la Niña et la Santa Maria...

— C'est bien de savoir ça, dit-il sobrement.

Vous vous injuriez intérieurement, vous vous méprisez pour le contentement que vous venez d'éprouver, vous essayerez même d'oublier ces trois noms, mais en vain, ce sera votre bâton de maréchal.

Avant la mort de Jeanne, vous l'avez vu pleurer deux fois également. Vous avez quatre ans : il se passe quelque chose de grave à la maison, que vous ne comprenez pas. Des médecins se penchent sur le berceau de votre frère. (On découvrira tard qu'il souffre de mastoïdite, il sera sauvé de justesse.) Votre mère vous a oublié. Lorsque votre père sort, dans la nuit, pour aller réveiller le pharmacien, vous le suivez. Il marche à grandes enjambées, selon son habitude, à travers le village, et il pleure. Vous trottinez derrière lui. Vous attendez devant la pharmacie, en pyjama. Puis vous reprenez son sillage. Il ne s'apercevra pas que vous l'avez suivi...

Des années plus tard, vous êtes en route pour un pique-nique raté. Le ton a monté dans la voiture. Louise lui a fait une réflexion. Sur la vitesse, peut-être. En principe, il se tient à carreau devant la reine-mère mais il a répondu. La discussion s'envenime et Louise, qui tourne plus vite que le lait, le traite de communiste et de voleur. A l'époque, déjà, c'est beaucoup pour un seul homme. Il arrête la traction, en descend et s'enfonce dans une vigne. Il pleure. Vous le rejoignez, vous ne savez pas quoi dire, vous cherchez à lui donner la main. Il n'en veut pas. Il fait les cent pas dans une rangée de ceps, tandis que vous l'attendez dans une autre.

Est-ce que vous l'aimez ? Oui, sans doute. Vous l'avez haï, mais il est connu qu'on ne peut haïr vraiment que ce qu'on aime. Vous avez sûrement autant de responsabilité que lui dans la mésentente, après tout.

Vous avez eu longtemps peur de lui. La peur est le grand péché, la faute suprême. Tout le mal vient de la peur. C'est la peur qui vous diminue à vos propres yeux et vous inocule le désir de vengeance. C'est la peur qui fait le tyran. Non seulement il ne pourrait pas devenir tyran si l'on n'avait pas peur de lui, mais encore il a peur lui-même — car on ne peut qu'avoir peur de ceux qui ont peur...

Dans presque tous les contes et légendes d'Orient et d'Occident, le tyran, ou l'ogre, ou le mauvais génie, finit toujours par tomber sur un tout petit personnage, un lutin, un enfant, qui lui dit ses quatres vérités. Le tyran qui vient de faire raser la ville — ou l'ogre qui vient de déguster soixante personnes — est très étonné. Il ne comprend pas.

— Je ne comprends pas, dit-il. Tu n'as pas peur de moi ?

— Non, répond tranquillement le tout petit personnage.

Les courtisans retiennent leur respiration. Ils sont persuadés que ce minus va être décapité — ou dévoré — sur le champ. Mais il n'en est rien.

— Asseyons-nous, dit le tyran, et causons...

Car il vient de réaliser que ce petit bout d'homme n'a peut-être réellement pas peur de lui et, au fond de sa conscience tourmentée, de son désespoir peut-être, il entrevoit enfin, pour la première fois de sa vie, la possibilité de se faire un ami.

Avec votre frère, vous vous défouliez principalement en l'absence du père et il dut arriver à Jeanne d'être débordée. Vous avez oublié dans quelles circonstances, à plusieurs reprises, elle vous a lancé :

— Un jour, je n'en pourrai plus, je vous laisserai vous débrouiller avec lui...

En mer

Sensation nouvelle au réveil, à l'aube du quatrième jour : le paquebot se couche sur un flanc, très lentement, puis se redresse paresseusement avant de se coucher sur l'autre. Tous les meubles de cabine ont des rebords mais la cafetière s'est tout de même vidée sur la moquette. Le hublot indique des creux de cinq ou six mètres. Le sommet des vagues est déchiré par le vent. C'est la tempête.

Du calme. On annonçait seulement un peu de « gros temps » et il n'est pas question que je sois malade. Sortir de cette cabine. Faire face aux éléments. Maintenir un équilibre intérieur strict, un état d'âme de type « mer belle ».

Je ne suis pas seul à vouloir lutter. Nous empruntons, en nous appuyant à une paroi, des couloirs au bout desquels nous nous retrouvons appuyés à la paroi opposée. Il est encore plus délicat de se croiser que dans un corridor de train bondé.

A midi, sur les tables du restaurant à moitié vide, les verres et les assiettes sont posés sur des serviettes en papier mouillées. Le procédé est efficace. Mais ce sont les fauteuils qui se déplacent et les serveurs s'arc-boutent derrière ceux des passagères les plus âgées. Un chariot à flambées, en flammes, traverse la salle poursuivi par un maître d'hôtel.

Naturellement, le spectacle continue. Et d'abord celui d'une humanité qui s'accroche à tout ce qui lui tombe sous la main. Ce gentleman a eu tort de lâcher le bord du comptoir, le voilà pendu au cou d'un steward.

Les orchestres ne se sont pas interrompus. Si nous coulons, ce sera dans la plus pure tradition britannique, en écoutant le *God save the Queen*. Pour le moment, ils jouent encore de la musique légère. Un jeune couple amateur d'exploit danse le rock n' roll. Ceux qui ont trouvé un coin où se caler applaudissent. La jeune femme glisse et se relève prestement mais, à la passe suivante, le couple s'écrase lamentablement sur une desserte de buffet. *Tutti frutti. Vanitas vanitatum.*

Je dois reconnaître que je commence à me sentir un peu nauséeux. Besoin d'air ou d'occupation. Les planchers de teck des ponts sont transformés en patinoire, impraticables... Si j'allais à la piscine ?

Dans les profondeurs du navire, au-dessous du

niveau de l'océan, je me mets à l'eau dans la piscine intérieure du sixième pont. Au bout de dix brasses, je suis exténué. Il y a des vagues ou, plutôt, toute l'eau du bassin est une énorme vague qui roule à contretemps du balancement du navire. A la douzième brasse, j'abandonne. Maintenant, je suis vraiment malade. Il m'est déjà arrivé de me noyer dans un verre d'eau mais c'est la première fois que j'attrape le mal de mer en nageant, dans une piscine.

Dans l'ascenseur, Spinnaker, pimpante, dans une petite robe colorée largement ouverte sur ses atouts majeurs, a l'air enchanté de me revoir. Je suis français, n'est-ce pas ? Elle est de Los Angeles. Qu'est-ce je dirais de l'idée d'aller prendre un verre ensemble ? Ce serait avec enthousiasme, mais plus tard, je ne me sens... A cet instant, le tangage, à moins que ce ne soit le roulis, nous pousse l'un vers l'autre, j'ai failli plonger dans les mouvances de son décolleté. Une autre fois, je ne dis pas... Mais, là, il y a suffisamment de vagues comme ça.

Aimé a toujours été grand apologiste des poitrines fortes, ce qui était pour toi une source renouvelée de vexation. Tu étais réputée « ne pas avoir de poitrine ». Je sais bien qu'il nous manque toujours quelque chose, c'est l'impression que nous avons, en tout cas, car il se pourrait que nous ayons plutôt des choses en trop. Je ne vois pas pourquoi de petits seins seraient moins beaux que des gros — qui ne t'auraient pas convenu. Nous ne sommes beaux que lorsque nous acceptons de marcher avec nos propres jambes de bois. La plupart du temps, d'ailleurs, elles ne sont pas si mal faites.

Bien sûr, il y a le mal de mer... Le mal au cœur. Ce monde nous bouscule, nous chavire, nous noie. L'humanité à la mer. Sauvez nos âmes.

Notre premier passage pour l'île de Groix s'était fait sur un vieux thonier transformé. Une deux-chevaux Citroën et deux vaches étaient amarrées à la proue. Je me serrais contre toi, sur un banc. Tu me disais de regarder les marsouins mais je ne les ai pas vus. J'avais le cœur à l'envers, je ne pouvais même pas lever les yeux.

Vers le soir, l'océan s'apaise. Les piscines ont débordé et les hommes d'équipage s'affairent sur les ponts. On fait disparaître les bris de vaisselle. La vie de gala reprend rapidement le dessus. Mais on annonce qu'il faudra se présenter demain matin à l'officier de l'Immigration. L'Angleterre n'est plus loin.

A Londres, le soir après Noël, tu viens de refuser le whisky que Mary te propose. Je suis allé chercher à l'étage les dernières photos de Marie.

— J'ai une petite-fille qui est déjà mère et je ne la connais pas, dis-tu. Quel gâchis...

— Tu vas la connaître... Elle arrive après-demain soir.

Tu encaisses le coup... Tu as deux aspirations difficiles, deux soupirs pour soulager l'oppression, mais tu ne dis rien, tu te tournes vers Mary avec un sourire résigné...

— Je prendrais bien un whisky, Petite.

Le lendemain, en apercevant les couronnes de Noël accrochées aux portes des maisons de Covent Garden, tu déclares :

— Ça me choque...

— Qu'est-ce qui te choque ?

— Ces couronnes...

Agacé — la contrariété qu'on puisse penser que ma mère n'est jamais sortie — je te réponds sur un ton désagréable :

— Je ne vois pas ce qui te choque ! C'est la coutume ici, ce sont des couronnes de Noël, c'est tout.

Je me souviens que tu as porté ta main retournée à ton plexus, comme chaque fois que tu prétendais que ça te choquait ou te bloquait — parce que le mot angoisse ne te convenait pas, ou t'effrayait. Et, maintenant, une part de ma mémoire est, pour le restant de mes jours, arrêtée sur un trottoir glacé de Covent Garden, comme celle d'un type incapable de reconnaître des couronnes *mortuaires* de Noël qui angoissent sa mère.

Au cours de notre dernier repas, tu as raconté un accident mortel survenu aux abords du village. Nous parlons déjà d'autre chose. Tu dis :

— Il y a ces gens qui reviennent d'un coma profond et qui disent avoir vécu la mort...

Et, après un silence, rêveuse :

— Il paraît qu'on passe par un tunnel qui débouche sur une immense lumière...

Aimé a ricané — une habitude chez lui pour signifier qu'il n'a pas l'intention d'en discuter mais qu'il sait, qu'il a son bâton de maréchal dans sa giberne, autant dire qu'il baigne déjà dans la lumière...

Alors je lance, bêtement :

— Dans certains cas, si j'en crois le Livre des morts tibétain, le tunnel est très long...

Six mois plus tard, c'est l'été, mon frère est à Londres. Il a transformé astucieusement sa mallette d'homme sérieux en casier à vin : six bouteilles de grand cru. Mais lui n'est pas vraiment venu avec sa mallette.

Je lui tiens des discours. Je lui ai tenu souvent de longs discours, trouver plus taciturne que moi me rend volubile... Il est question de ta mort. Nous réécoutons la petite musique funèbre maçonnique. Il dit : « — Oui... » J'avance que devant la pauvreté de la notion d'électro-encéphalogramme plat, nous avons à réinventer une mythologie de la mort. Retrouver un respect... Il dit : « — Oui... »

Je sais qu'il est avec ses deux mortes.

Je finis par me taire.

Je le vois passer la douane à l'aéroport d'Heathrow, avec sa mallette vide. Il ne s'est pas rasé. Je lui en ai fait la remarque avant de quitter la maison. Il a fait crépiter son menton sous sa paume : « — Je me raserai en arrivant. »

Il se retourne plusieurs fois. Je me dis que son sourire a toujours été triste.

Nous restons seuls avec nos étoiles de porcelaine. On nous a cassé nos jouets. Quelqu'un a changé la règle du jeu. Nous allons devoir jouer quand même. Il est trop tard pour sortir du jeu. Il a toujours été trop tard.

Je pense à Paule qui vit seule dans la maison de ses parents. Elle est sans croyance mais il ne fait pas de doute pour elle qu'ils sont toujours là. La nuit, l'escalier craque comme si l'un ou l'autre s'était relevé.

A la fin, le sang cognait dans les artères durcies de sa mère. Angèle croyait entendre qu'on jetait des pierres contre ses volets et, se souvenant que des soldats allemands avaient fait ça pendant la guerre, pensait qu'ils étaient revenus. Courageuse, toujours — et « patiente comme une poule qui aurait couvé un couteau » — elle ouvrait ses volets pour les injurier.

Le grand-père Le Beherec, tôt devenu veuf,

devait emmener ses enfants dans ses campagnes de pêche : il les attachait au grand mât. Laurent, le père de Paule, avait quatre ans. Peu avant sa mort, une nuit, elle le surprit debout, en train de pisser dans un placard :

— Mais ! Qu'est-ce que tu fais, P'pa ?

— Ben, dame, je pisse dans la coursive !

Elle avait voulu le recoucher :

— Me coucher ? Tu n'y penses pas ! Il n'est pas encore né, celui qui prendra l'quart d'Laurent 'Beherec !

A la fin de l'été, nous quittons l'Angleterre.

Des amis, de plusieurs nationalités, nous ont aidés à vider la petite maison. Puis nous avons improvisé une fête, de nourritures et de boissons cosmopolites.

Après quelques heures de sommeil, nous sortons de Londres. La fatigue accumulée, celle à venir, la qualité douteuse de la boîte de vitesse du camion de louage, le soleil déjà chaud qui annonce une journée de canicule anglaise — rare mais redoutable —, rien ne laisse prévoir un voyage d'agrément. J'affiche mon plus beau pessimisme et j'ai réussi à éveiller l'anxiété de Mary... Nous nous lançons sur l'autoroute comme on se jette à l'eau.

Au bout de cinquante kilomètres, je viens de doubler, lentement, péniblement, dans un effort de tous mes muscles tendus, un camion de nitrogène — quasiment de nitroglycérine — lorsque ce camion, d'abord imperceptiblement puis très nettement, remonte sur nous, nous dépasse et prend rapidement du champ. Il n'accélère pas : nous ralentissons. Dans l'impossibilité de rétrograder, je me résigne à laisser notre déménagement aller mourir sur la bande d'arrêt d'urgence. Le disque d'embrayage, lui, est déjà mort depuis deux minutes.

Nous allons rester six heures sur la *motorway 25* et cinq jours dans un petit hôtel de l'Essex — à observer les mœurs d'un troupeau d'oies sauvages, au bord d'un petit lac artificiel cerné par une zone industrielle — avant d'être dépannés.

Mais dans cette première minute — aucun mot n'a encore été prononcé —, je descends marcher le long du camion puis, retourné à la cabine, je pousse le son de la radio de bord au maximum et invite Mary à descendre à son tour, en lui prenant le bras. Elle hésite une demi-seconde, par un zeste de crainte que j'aie décidé de déclarer la guerre au monde entier, mais elle me suit. La radio diffuse un vieux rock de Chuck Berry et nous dansons sur le bord de l'autoroute.

Je ne suis pas un bon danseur mais, ce jour-là, je danse comme un dieu. Nous rions, aveuglés par nos larmes, et sans doute le spectacle peut-il paraître pitoyable — vu à travers les vitres des voitures qui passent —, mais nous dansons presque aussi bien que Nijinski, presque aussi bien que la terre autour du soleil, presque aussi bien que la galaxie... Nous ne sautons peut-être pas très haut mais *nous restons un petit moment en l'air.*

A minuit, un bristol, glissé sous la porte de ma cabine, m'invite à mettre ma montre à l'heure de Greenwich.

Paris

Trois semaines après l'enterrement, avant de rejoindre Mary à Londres, vous passez la nuit chez un ami, rue du Faubourg-Saint-Antoine. Kattell vient de vous offrir un moulage des ateliers du Louvre représentant la Vénus dite de Lespugue. Une statuette du paléolithique supérieur, en ivoire de mammouth, que vous vénérez. Il y a plus de vingt mille ans — deux ou trois millénaires avant les peintures de Lascaux — que le sculpteur de Lespugue, s'étant réveillé un matin avec un sentiment de plénitude, a souhaité témoigner de l'éternité des mères ainsi que des noces de la pesanteur et de l'oiseau... Vous éteignez la lumière et, dans le clair-obscur de votre conscience qui s'endort, vous apparaît le visage de votre mère qui vous sourit. Son visage comme si tous les visages de ses différents âges se fondaient dans celui qu'elle avait au milieu de sa vie, comme une synthèse. Il vous est difficile de visualiser de mémoire les visages qu'elle montre sur des photos que vous avez regardées cent fois. Mais ce visage-là existe en vous, vous pourrez fermer les yeux et le rappeler.

Que savons-nous ?

A l'âge de huit ans, après le décès de ses parents, le petit Martiniquais Félix Rose Rosette fut confié à son oncle — Sigismond le terrible — qui habitait près de Rivière-Pilote. Des hauteurs, il ne distinguait du vapeur, qui faisait la traversée de l'embouchure, que la fumée. Aussi fut-il très étonné, un jour, de découvrir que les voyageurs n'étaient pas mouillés...

Que ne savons-nous pas ?

En Inde, le père du petit Parsi Iam Tata conduisait tous les jeudis au cinéma son vieux copain aveugle et, au grand dam de la salle, lui racontait le film à haute voix.

Depuis la Bible et Don Quichotte, on ne peut plus en douter. Quand on ne se bat pas contre les moulins, c'est qu'on se bat avec l'ange.

Il est évident pour vous que vous aurez le dessous mais vous considérez qu'il y a un certain honneur à être le perdant d'un championnat dont le vainqueur est désigné d'avance... Et cependant, vous avez parfois l'impression que l'ange se bat *avec* vous. De votre côté...

On dira qu'il n'y a pas d'ange. C'est possible. Mais ça ne change rien. Vous lutteriez avec l'absence d'ange...

En vue du port

Le paquebot pénètre doucement dans la brume du chenal vers Southampton. Avec la proximité du retour à terre, le temps redevient réel tandis que la réalité du voyage commence à s'estomper pour le voyageur. L'île de Wight, à bâbord, déroule ses plats rivages derrière un rideau de grisaille. Le transatlantique se laisse tirer par deux « abeilles » comme un grand paralytique. Malgré la faiblesse du vent, de petits voiliers insolents le remontent par tribord sur toute sa longueur.

Nous sommes tous sur les ponts. Lucy, Pam, Orson, Rose, Susie, Bart, moi, un millier d'autres. La baleine et la tempête ont gravement porté atteinte à l'honneur de la marine britannique : nous avons deux heures de retard. En compensation, la Compagnie nous a offert un déjeuner supplémentaire au cours duquel nous avons chacun — en dépit de l'immensité de l'univers et de notre peu de goût pour la correspondance —

échangé des adresses. Parce que nous savons par expérience que notre propre monde est tout petit. Et aussi parce que, de mémoire de sirènes, on aurait vu des bouteilles à la mer parvenir à destination.

Et puis le géant, maladroit dans ce petit large, pousse encore un grand coup de trompe à faire vibrer la brume, et la croisière s'éparpille, regagne par cent escaliers des cabines de luxe qui ne sont plus que des réduits à bagages...

Il va falloir que je te quitte.

D'immenses grues croisent le fer au-dessus du port. Toute une foule de matelots, de porteurs, de parents, de curieux, s'agite sur les quais. Nous accostons. Déjà des mains anonymes libèrent des passerelles qui se déploient en grinçant. Je dois accepter ta mort. Refaire un peu la paix avec la vie. Je te remercie d'avoir fait ce long voyage avec nous. Oui, on va se débrouiller avec notre père. Je sais : il n'est pas méchant mais c'est un grand nerveux... Tous les étés, désormais, il y aura une grande fête au Pas du Loup. Une nouvelle cérémonie...

Il faut que j'y aille. Les gens récupèrent leurs bagages et commencent à descendre. Je dois prendre un bus, puis l'avion. Oui, Mary m'attendra à l'aéroport. Oui, j'ai toutes mes Marie pour veiller sur moi. Il faut que je veille aussi sur elles, bien sûr. Veiller.

Je t'embrasse, M'man.

Ce volume a été composé
par Facompo à Lisieux
et imprimé par la Société Nouvelle Firmin- Didot
Mesnil-sur l'Estrée
en juillet 1995

N° d'édition : 223 - N° d'impression : 31383
Dépôt légal : août 1995

ISBN 2-260-01373-2

Imprimé en France